中國古典文學理論批評專著選輯

北 江 詩 話

洪亮吉 著

陳邇冬 校點

人 民 文 學 出 版 社

圖書在版編目（CIP）數據

北江詩話/（清）洪亮吉著；陳邇冬校點. —北京：人民文學出版社，2017
（中國古典文學理論批評專著選輯）
ISBN 978-7-02-013556-1

Ⅰ. ①北… Ⅱ. ①洪… ②陳… Ⅲ. ①詩話—中國—清代 Ⅳ. ①I207.22

中國版本圖書館 CIP 數據核字(2017)第 296572 號

責任編輯　董岑仕　胡文駿
責任印製　王重藝

出版發行　人民文學出版社
社　　址　北京市朝内大街 166 號
郵政編碼　100705
網　　址　http://www.rw-cn.com

印　　刷　三河市宏盛印務有限公司
經　　銷　全國新華書店等

字　　數　150 千字
開　　本　880 毫米×1230 毫米　1/32
印　　張　4.625　插頁 2
印　　數　1—5000
版　　次　1983 年 7 月北京第 1 版
印　　次　2019 年 4 月第 1 次印刷

書　　號　978-7-02-013556-1
定　　價　29.00 圓

目録

附録

卷一

一

西漢文章最盛，如鄒、枚、嚴、馬以迄淵、雲等，班固不區分别爲立傳，此文章所以盛也。至范蔚宗始別作文苑傳，而文章遂自東漢衰矣。

二

漢文人無不識字，司馬相如作凡將篇、揚雄作訓纂篇是矣。隋、唐以來，即學者亦不甚識字，曹憲注廣雅以『餅』爲『餅』、顏師古注漢書以『汶』爲『汶』是矣。

三

余最喜觀時雨既降、山川出雲氣象，以爲實足以窺化工之藴。古今詩人，雖善狀情景者，不能到也。陶靖節之『平疇交遠風，良苗亦懷新』，庶幾近之。次則韋蘇州之『微雨夜來過，不知春草生』，亦是。此陶、韋詩之足貴。他人描摩景色者〔一〕，百思不能到也。

〔一〕摩，粤本作『摹』。

四

世俗以爲月中有姮娥，又有蟾蜍。非也。張衡靈憲云：『羿請不死之藥於西王母〔一〕，姮娥竊之，奔月宫，遂託身於月，是爲蟾蜍。』是蟾蜍即姮娥所化〔二〕，非有二也。高誘淮南王書注亦云〔三〕：姮娥奔入月中，爲月精。今人稱美色者必曰『月中姮娥』，無論事涉輕褻，亦失之遠矣！

〔一〕藥，稿本原筆誤作『學』，右側有『丨』，天頭另書『藥』字。

〔二〕『姮娥竊之』及『姮娥所化』之『姮』，稿本誤作『恒』，他處不誤。

〔三〕『書』字，稿本無。

五

唐詩人去古未遠，尚多比興，如『玉顔不及寒鴉色』、『雲想衣裳花想容』、『一片冰心在玉壺』及玉溪生錦瑟一篇，皆比體也。如『秋花江上草』、『黄河水直人心曲』、『孤雲與歸鳥，千里片時間』以及李、杜、元、白諸大家，最多興體。降及宋、元，直陳其事者十居其七八，而比興體微矣。

六

三百篇無一篇非雙聲疊韻。降及楚辭與淵、雲、枚、馬之作，以迄三都、兩京諸賦〔一〕，無不盡然。唐詩人以杜子美爲宗，其五七言近體，無一非雙聲疊韻也。間有對句雙聲叠韻，而出句或否者，然亦不過十分之一。中唐以後，韓、李、温諸家亦然。至宋、元、明詩人，能知此者漸鮮。

〔一〕兩，稿本作『二』。

七

本朝王文簡頗知此訣，集中如『他日差池春燕影，祇今憔悴晚烟痕』此類數十聯，亦可追蹤古人。然叠韻易曉，而雙聲難知。則聲音、訓詁之學宜講也。

八

杜牧之與韓、柳、元、白同時，而文不同韓、柳，詩不同元、白；復能於四家外，詩文皆别成一家，可云特立獨行之士矣。韓與白亦素交，而韓不仿白，白亦不學韓，故能各臻其極。

九

詠古詩，雖許翻新，然亦須略諳時勢〔一〕，方不貽後人口實。如唐末李昌符緑珠詠曰：『誰遣當年墮樓死，無人巧笑破孫家。』意極新穎。然按晉書紀傳，石崇被殺未久，趙王倫即敗，秀亦同誅，不待緑珠之入而家已破矣。若崇肯遣緑珠，緑珠即從命以往，亦徒喪名節耳。詩人作詩，自當成人之美，如『一代紅顔爲君盡』，何等氣色！而昌符顧爲此語，吾卜其非端人也。

〔一〕勢，稿本作『世』。

一〇

明御史江陰李忠毅獄中寄父詩〔一〕：『出世再應爲父子，此心原不間幽明』，讀之使人增天倫之重。宋蘇文忠公獄中寄子由詩：『與君世世爲兄弟，又結他生未了因』，讀之令人增友于之誼。唐杜工部送鄭虔詩：『便與先生成永訣，九重泉路盡交期』，讀之令人增友朋之風義〔二〕。唐元相悼亡詩：『惟將終夜長開眼，報答平生未展眉』，讀之令人增伉儷之情。孰謂詩不可以感人哉！

〔一〕忠毅，稿本初作『應昇』，後圈去，旁改作『忠毅』。

〔二〕『友朋之風義』之『之』字，稿本上有圈去號，各刻本仍有。

一一

昆明錢侍御灃，爲當代第一流人。即以詩而論，亦不作第二人想。五言如『寒渚一孤雁，烟籬五母雞』；『風連巫峽動，烟入洞庭寬』；七言如『夜不分明花氣冷，春將狼藉雨聲多』；『曉簾纔卷燕交入，午睡欲終蟬一吟』；『拆皆成字蒸新麥〔一〕，望即生津飣小梅』；『門接山光來異縣，牆分花氣與芳鄰』：皆戛戛獨造。至五言古長風三首及還家三首、七言長短句赴隨州一篇，無意學古人而自然入古，其杜老北征、元叟春陵行之比乎！

〔一〕蒸，稿本作『烝』。

錢宗伯載詩，如樂廣清言，自然入理。紀尚書昀詩，如泛舟苕、霅，風日清華。王方伯太岳詩，如白頭宮監，時説開、天。陳方伯奉兹詩，如壓雪老梅，愈形倔强。張上舍鳳翔詩，如倀鬼哭虎，酸風助哀。馮文肅英廉詩，如申、韓著書，刻深自喜。蔣編修士銓詩，如劍俠入道，猶餘殺機。朱學士筠詩，如激電怒雷，雲霧四塞。翁閣學方綱詩，如博士解經，苦無心得。袁大令枚詩，如通天神狐，醉即露尾。錢文敏維城詩，如名流入座，意態自殊。畢宮保沅詩，如飛瀑萬仞，不擇地流。舅氏蔣侍御和寧詩，如宛、洛少年，風流自賞。吴舍人泰來詩，如便服輕裘，僅堪適體。錢少詹大昕詩，如漢儒傳經，酷守師法。王光禄鳴盛詩，如霽日初出，晴雲滿空。趙光禄文哲詩，如宮人入道，未洗鉛華。王司寇昶詩，如盛服趨朝，自矜風度。嚴侍讀長明詩，如觸目琳瑯，率非己有。王侍講文治詩〔一〕，如太常法曲，究係正聲。施太僕朝幹詩〔二〕，如讀甘讒鼎銘，發人深省。任侍御大椿詩，如灞橋銅狄，冷眼看春。鮑郎中之鍾詩，如昆侖琵琶，未除舊習。張舍人壎詩，如廣筵招客，間雜屠沽。程吏部晉芳詩，如白傅作詩，老嫗都解〔三〕。曹學士仁虎詩，如珍饌滿前，不能隔宿。張大令鶴詩，如繩樞甕牖，時發奇花。湯大令大奎詩，如故侯門第，樽俎尚存。張宮保百齡詩，如逸客遊春，衫裳倜儻。舅氏蔣檢討蘅詩，如長孺戇直，至老益堅。汪明經中詩，如病馬振鬣，時鳴不平。錢通副灃詩，如淺話桑麻，亦關治術。李主事鼎元詩，如海山出雲，時有可采〔四〕。姚郎中鼐詩，如山房秋曉，清氣流行。吴祭酒錫麒詩，如青緑溪山，漸趨蒼古。黄二尹景仁詩，如咽露秋蟲，舞風病鶴。顧進士敏恒詩，如半空鶴唳，清響四流。瞿主簿華詩，如危樓斷簫，醒人殘夢。高孝廉文照詩，如碎裁古錦，花樣尚存。方山人薰詩，如獨行空谷，時逗疎香。趙兵備翼詩，如東方正諫，時雜詼諧。阮侍郎元詩，如金莖殘露，色晃朝陽。淩教授廷堪詩，如畫壁蝸涎，篆碑蘚蝕。李兵備廷敬詩，如三齊服官，組織輕巧。林上舍鎬詩，如狂飈入座，花葉四飛。曾都轉燠詩，如鷹隼脱鞲，精采溢目。王典籍芑孫詩，如中朝大官，老於世事。秦方伯瀛詩，如久旱名山，尚流空翠。錢大令維喬詩，如逸客飱霞，惜難輕舉。屠州守紳詩，如栽盆紅藥，蓄沼文魚。劉侍讀錫五詩，如匡鼎説詩，能傾一座。管侍御世銘詩，如朝正岳瀆，鹵簿森嚴。方上舍正澍詩，如另闢池臺，廣饒佳麗。法祭酒式善詩〔五〕，如巧匠琢玉，瑜能掩瑕。梁侍講同書詩，如山半鐘魚，響參天籟。潘侍御庭筠詩，如枯禪學佛，情劫未忘。史文學善長詩，如春雲出岫，舒卷自如。黎明經簡詩，如怒猊飲澗，激電搜林。馮户部敏昌詩，如老鶴行庭〔六〕，舉止生硬。趙郡丞懷玉詩，如鮑家驄馬，骨瘦步工。汪助教端光詩，如新月入簾，名花照鏡。楊大令倫詩，如臨摹畫幅，稍覺失真。楊户部芳燦詩，如金碧池臺，炫人心目。楊布政揆詩〔七〕，如滄溟泛舟，忽得奇寶。孫兵備星衍少日詩，如飛天仙人，足不履地。吕司訓星垣詩，如宿霧埋山，斷虹飲渚。張檢討問陶詩，如騏驥就道，顧視不凡。何工部道生詩，如王、謝家兒，自饒繩檢。劉刺史大觀詩，如極邊春色，仍帶荒寒。吴禮部蔚光詩，如百草作花，豔奪桃李。徐大令書受詩，如范雎宴客，草具雜陳。趙大令希璜詩，如麇鹿駕車，終難就範。施上舍晉詩，如湖海元龍，未除豪氣。伊太守秉綬詩，如貞元朝士，時務關心。方太守體詩，如松風竹韻，爽客心脾。張司馬鉉詩，如鑿險追幽〔八〕，時逢異境。張上舍崟詩，如倪迂短幅，神韻悠然。劉孝廉嗣綰詩，如荷露烹茶，甘香四徹。金秀才學蓮詩，如殘蟾照海，病燕依樓。吴孝廉嵩梁詩，如仙子拈花，自饒風格。徐刺史嵩詩，如神女散髮，時時弄珠。吴司訓照詩，如風入竹中，自饒清韻。姚文學椿詩，如洛陽少年，頗通治術。孫吉士原湘詩，如玉樹浮花，金莖滴露。唐刺史仲冕詩，如出峽樓船，帆檣乍整。張大令吉安詩，如青子入筵，味別百果。陳博士石麟詩，如晴雲舒紅，媚此幽谷。項州倅墉詩，如春草乍緑，尚存冬心。邵進士葆祺詩，如香車寶馬，照耀通衢。郭文學麐詩，如大隄遊女，顧影自憐。張上舍問簪詩，如秋棠作花，淒豔欲絶。胡孝廉世琦詩，如陟險驊騮，攫空鷹隼。羅山人聘詩，如仙人奴隸，曾入蓬萊。僧慧超詩，如松花作飯，不飽獼猴。僧巨超詩〔九〕，如荇葉製羹，藉清牢醴。僧小顛詩，如張顛作草，時覺神來。僧果仲詩，如郭象注莊，偶露才語。僧寒石詩，如老衲升壇，不礙真率。閨秀歸懋昭詩，如白藕作花，不香而韻。崔恭人錢孟鈿詩，如沙彌升座，靈警異常。孫恭人王采薇詩，如斷緑零紅，淒豔欲絶。吴安人謝淑英詩，如出林勁草，先受驚風。張宜人鮑茝香詩，如栽花隙地，補種桑麻。余所知近時詩人如此。內惟黎明經簡未及識面。或問君詩何如？曰：僕詩如激湍峻嶺，殊少回旋。

〔一〕講，稿本、張本、粤本作『讀』。

〔二〕幹，稿本、粤本作『榦』。

〔三〕姥，粤本作『嫗』。

〔四〕可，稿本、粤本作『奇』。

〔五〕『法祭酒式善』，稿本作『法式善祭酒』。

〔六〕『鶴』字，稿本均書作『隺』。

〔七〕楊，各本脱，依文義補。

〔八〕追，稿本、粤本作『縋』。

〔九〕 僧，各本無，依上下文補。

一三

陸放翁六十年中萬首詩，可云多矣。然萬首實不始於此，前蜀王仁裕生平作詩滿萬首，蜀人呼曰『詩窖子』，見蜀檮杌及十國春秋。

一四

雕蟲小伎，壯夫不爲。余於詩家詠物亦然。然亦有不可盡廢者。丹徒李明經御，性孤潔，嘗詠佛手柑云：『自從散罷天花後，空手而今也是香。』如皋吴布衣□〔一〕，性簡傲，嘗詠風箏云：『直到九霄方駐足，更無一刻肯低頭。』讀之而二君之性情畢露。誰謂詩不可以見人品耶！

〔一〕 『衣』字下，稿本原空一字，指吴氏之名，各刻本無，據稿本補空字一。

一五

詩有後出而愈工者，余自伊犁赦歸，有紀恩詩云：『一體視猶同赤子，十旬俗已悉烏孫。』人以『烏孫』『赤子』爲工。後趙兵備翼見贈一聯云：『足以烏孫途上繭，頭幾黄祖座中梟。』（指初到伊犁時事。）則可云奇警矣。後同年韋大令佩金亦自伊犁赦回，余登揚州高旻寺浮圖望海并懷韋中一聯云〔一〕：『夢裏烏孫疑鬼國，望中黑子是神山。』亦爲揚州人傳誦，然卒不能及趙也。

〔一〕 旻，各刻本均作『明』，避清宣宗旻寧諱，據稿本及洪亮吉更生齋集詩續集卷一登高旻寺浮圖望海先柬韋同年佩金改。

一六

怪可醫，俗不可醫。澀可醫，滑不可醫。孫可之之文，盧玉川之詩，可云怪矣。樊宗師之記，王半山之歌，可云澀矣。然非餘子所能及也。近時詩人，喜學白香山、蘇玉局，幾於十人而九然，吾見其俗耳，吾見其滑耳。非二公之失，不善學者之失也。

一七

近青浦王侍郎昶有湖海詩傳之選，刊成，寄余。余於近日詩人，獨取嶺南黎簡及雲間姚椿，以其能拔戟自成一家耳〔一〕。

〔一〕 家，稿本、張本、粤本、周本作『隊』。

一八

侍郎詩派出於長洲沈宗伯德潛，故所選詩，一以聲調格律爲準。其病在於以己律人，而不能各隨人之所長以爲去取，似尚不如篋衍集、感舊集之不拘於一格也。

一九

侍郎居青浦之朱家角，昨歲二月，余自吴江至上海，因便道訪之。侍郎已病不能起，耳目之用並廢，蓋年已八十矣〔一〕。瀕行，侍郎持余哭，諄諄以身後志銘見屬。然尚能詩，口占一律贈余，末二語云〔二〕：『一語望君須記取，好爲有道撰新碑。』余亦爲之揮淚而別。

〔一〕矣，稿本作『也』。

〔二〕『云』字，稿本無。

二〇

詩固忌拙，然亦不可太巧。近日袁大令枚隨園詩集，頗犯此病。

二一

『老尚多情覺壽徵』，商太守盤詩也。『若使風情老無分，夕陽不合照桃花』，袁大令枚詩也。二公到老風情不衰，於此可見。

二二

黄二尹景仁，久客都中，寥落不偶，時見之於詩。如所云『千金無馬骨，十丈有車塵』；又云『名心澹似幽州日，骨相寒經易水風。』可以感其高才不遇、孤客酸辛之況矣。

二三

孫兵備星衍，少日詩才爲同輩中第一。如集中『千杯酧我上北邙』等十數篇〔一〕，求之古人中，亦不多得。小詩亦淒豔絶倫，如夜坐詠月云：『一度落如人小別，片時圓比夢難成』；廣陵客感云：『紅燭照顔年少去，碧山回首昔遊非。』讀之皆令人惘惘。中年以後，專研六書訓詁之學，遂不復作詩。即間有一二篇，亦與少日所作如出兩手矣。

〔一〕酧，稿本、張本、粤本、周本作『酹』。按，孫星衍小除日毗陵市中別洪大（禮吉）楊三（倫）醉作作『酬』。

二四

汪助教端光詩，如著色屏風，五采奪目，而復能光景常新。同輩中鮮有其偶。豔體詩尤擅場，嘗有句云〔一〕：『並無歧路傷離別，正是華年算死生。』描摩盡致〔二〕，疑雨集不能過也。

〔一〕嘗，稿本作『常』。

〔二〕摩，粤本作『摹』。

二五

學昌黎、昌谷兩家詩，不可更過。朱竹君學士詩，學昌黎而過者也。然才氣畢竟不凡。記其少時送人長句有云：『江南四月不成春，落盡桃花澹天地。』今北地有此才否？

二六

劉文正統勳，不以詩名，然偶有作必出人頭地。乾隆中，張桐城相國廷玉予告歸里，奉勑作送行詩，時門下士如趙編修翼等，皆客公所，並令擬作，卒莫有稱意者。公在機廷，忽自握管爲之，中一聯云：『住憐夢裏雲山繞，去惜天邊雨露多。』遂繕進呈，純皇帝亦大賞之。一時送行詩，遂無有出公右者。

二七

管侍御世銘，以制舉文得名。然所作詩，實出制舉文之上。記其漢茂陵一律云：『要使天驕讋漢旌，登臺絶幕遠橫行。雄心晚爲泉鳩悔，萬命先因宛馬輕。獨攝衣冠容汲直，不留弓劍待蘇卿。凄涼玉盌人間出，起告曾無同舍生。』神完氣足，非僅以格調見長者。

二八

畢宮保沅詩，如洪河大川，沙礫雜出，而渾渾淪淪處，自與衆流不同。平生所作，歌行最佳；次則七律。憶其荊州水災記事云：『劈空斧落得生門』；又云『人鬼黄泉争路入，蛟龍白日上城游』，真景亦可云奇景。至河南使署喜雨詩云：『五更陡入清凉夢，萬物平添歡喜心。』則又民物一體，不愧古大臣心事矣。

二九

余自伊犁蒙恩赦回，以出關入關所作，編爲荷戈、賜環二集，海内交舊作詩題集後者，不下百首，惟同年曾運使燠一絶最爲得體，云：『君得爲詩是國恩，長歌萬里入關門。請看紹聖元符際，蘇軾文章戒不存。』

三〇

吴任臣撰十國春秋，搜采極博。然如前蜀安康長公主，見後蜀紀及徐光溥傳；僧醋頭，見僧智諲、後蜀賈鄂、王昭遠等傳；而前蜀公主傳、後蜀僧衆傳不列及之，何也？

三一

余於四時，最喜二月，以春事方半，百草怒生，萬花方蕊，物物具發生氣象故也。一至三月，則過於爛漫矣。因喜此月，於是植物亦最喜杏，動物亦最喜燕。少日讀國風『燕燕于飛』及夏小正『來降燕乃睇，囿有見杏』，輒覺神往。稍長，凡前人詩詞之詠杏及燕者，無不喜諷之。杏詩如『海杏大如拳』，『客子光陰詩卷裏，杏花消息雨聲中』，『小樓一夜聽春雨，深巷明朝賣杏花』〔二〕；詞如『杏花疎雨裏，吹笛到天明』，及『紅杏枝頭春意鬧』、『杏花春雨江南』之類是矣。自所作亦不下十數篇，在汴梁客館有杏花詩四絶句，其一云：『倚墻臨水只疑仙，豔絶東風二月天。要與春人鬭標格，有花枝處有秋千。』極爲同人所賞。在貴州日，行部至都匀驛館云：『無人知道春將半，時有出墻紅杏花。』里中檥舟亭即事云：『一春消息杏花知。』餘不盡録。燕詩如『燕燕尾涎涎』，『袖中有短札，願寄雙飛燕』與『金窗繡户長相見』、『飛入尋常百姓家』、『亂入紅樓檢杏梁』。詞如『落花人獨立，微雨燕雙飛』、『軟語商量不定，看足柳昏花暝』之類是也。自所作亦不下數十篇，童時賣花聲詞云：『燕子平生真恨事，不見梅花。』爲江南北女士所傳誦〔二〕。按試貴州遵義府使院，有句云：『與客生疏惟燕翦，背人開落有棠梨。』伊犁紀事四十首中有云：『只有塞垣春燕苦，一生不及見雕梁。』滬瀆客中雜詠云：『避俗仍居雲水鄉，下安吟榻上雕梁。雙棲燕子孤眠客，一室權分上下牀。』他如歸燕曲等，皆係長篇，不更録入。

〔一〕 賣，稿本、張本作『買』。

〔二〕 女士，稿本作『士女』。

三二

吕司訓星垣詩，好奇特，不就繩尺，曾用七陽全韻作『柏梁體』見貽，多至三四百句。末二句云：『乾坤生材厚中央，前後萬古不敢望。』頗極奇肆，然古人無此例也。余亦嘗贈以長句，末四語云：『識君文名已三載，才如百川不歸海。銀河倒注弱水西，努力滄溟欲相待。』亦頗寓規於奬云。

三三

呂又有句云：『桃花離離暗妖廟』；又題博浪椎圖云：『人間十日索不得〔一〕，海上大嘯波濤聲。』蓋好奇不肯作常語如此。

〔一〕十，稿本作『三』。

三四

古今詠月詩，佳者極多，然如『明月照高樓』、『明月照積雪』、『月華臨静夜』等篇，皆係興到之作，非規規於詠月也。李、杜爲唐大家，即詠月詩而論，亦非人所能到。杜云：『四更山吐月，殘夜水明樓。』李云：『青天中道流孤月』，又云：『五峯轉月色，百里行松聲。』寫月有聲有色如此，後人復何能著筆耶〔一〕！

〔一〕能，稿本、張本、粤本、周本作『從』。

三五

古今詠雪月詩，高超者多，詠正面者殊少。王右丞『灑空深巷静〔一〕，積素廣庭間』，可云詠正面矣。吾友孫兵備星衍終南山館看月詩：『空裏輝流不定明，烟中影接多時緑。』亦庶幾近之。

〔一〕静，稿本誤作『寂』。

三六

畢宫保有青衣周某，頗學作詩，嘗有句云：『燭短夜初長。』余與同人皆賞之。

三七

楊比部夢符，好學六朝文，小詩亦極幽峭。余嘗以一聯戲之曰：『詩筆四靈文六代，科名兩度籍三州。』蓋楊寄籍山東，補博士弟子，續舉陝西鄉試，成進士，則又浙江原籍也。比部後又寄居吾鄉，宅在烏衣橋三將軍巷，卒後，其子以比部遺命，乞余爲六朝文格以表其墓，末云：『訪將軍之巷，大樹猶存；過邗水之橋，溪流半涸，亦足以悽愴傷心者矣！』即指此也。

三八

河豚以江陰爲第一，鰣魚以采石磯爲第一，刀鱭以江寧棲霞港爲第一。余七招中所云『牛渚銀鱗，晴江石華，味或華而不清，質或清而不華，藐江鄉之風味，首鯸鮧之足誇』是也。

三九

劉相國墉，繼正揆席，人皆呼爲『小諸城』。性滑稽，一日在政事堂早飯，忽朗吟曰：『但使下民無殿屎（作本字讀）〔二〕，何妨宰相有堂餐！』一坐爲之噴飯。

〔一〕授本此條原無注語，依稿本、張本、粵本、周本補。

四〇

嘉慶十年正月，紀尚書昀奉命以原官協辦大學士，乃未半月遽卒，年八十一矣。乾隆中四庫館開，其編目提要皆公一手所成，最爲贍博。生平尤喜爲説部書，多至六七種，故余哭公詩云〔一〕：『最憐干寶搜神記，亦附劉歆輯略編。』先是，又誤傳翁閣學方綱卒，余亦有輓詩云：『最喜客談金石例，略嫌公少性情詩。』蓋金石學爲公專門，詩則時時欲入考證也。後乃知誤傳，而詩已播於人口。或公聞之，亦不以爲怪耳。

〔一〕云，稿本作『曰』。

四一

山陰酒，始見於梁元帝金樓子，並呼之爲『甜酒』。考前代酒最著名者，曰『宜城醪』、『蒼梧清』、『京口酒』、『蘭陵酒』、『霅下酒』，（今名南潯酒。）〔一〕，及酒泉郡本以酒得名，余曾歷品之。究以『山陰酒』爲第一，酒泉郡酒及『霅下』次之。『蘭陵酒』，今沂州蘭山縣釀酒法已失傳。若『宜城』『京口』酒，南史邵陵王綸傳稱『曲阿酒』，皆重濁，又失之太甜，與今吴中之『福真』、錫山之『惠泉』相等，未見其美也。『汾州酒』、『滄州酒』，性又與『燒春』同，自當别論。『蒼梧清』亦同『燒春』。

〔一〕此處注文授本原無，依稿本、張本、粵本、周本補。授本段末有注：『霅下酒，今名「南潯酒。」』今删。

四二

近時士大夫，頗留意飲饌。然余謂：必不得已，酒譜爲上〔一〕，茶經次之；至一肴一味皆有食單，斯最下耳。

〔一〕『酒』前，稿本有一『則』字。

四三

果以哈密瓜爲上，即古之敦煌瓜也。然必屆時至其地食乃佳。若貢京師者，則皆預摘，色香味多未全，非其至也。其次則綏桃、哀梨，又次則洞庭之楊梅、閩中之橘、柚，又次則涼州之蒲桃、泉州之甘蔗、伊犁之蘋果。若安石榴、廣南荔枝〔一〕，則實未嘗至其地，俟再論定。

〔一〕『榴』字下，稿本有二『暨』字。

四四

魚則海魚爲上，河魚次之，江魚次之，湖魚又次之。尋常溪港之魚，則味薄而腥矣。

四五

南中多禽，北中多獸。南中禽多巢居，北中獸多穴居。若南獸之巢居〔一〕（如熊檜之類），北中禽之穴土（如鳥鼠同穴之類），則亦僅見者耳。塞外則凡禽皆穴居，以風多而林木少故也。

〔一〕 若南獸之巢居，稿本作『若南中獸之居巢』。

四六

小説家所言，亦皆有本，如西遊記之雷音寺、火焰山〔一〕，皆在吐魯番道中，余遣戍伊犁日曾過之。

〔一〕 雷，稿本誤作『靈』。

四七

裴岑紀功碑在巴里坤南山頂關帝廟中，余本擬歸日搨數十本以貽好古者，及歸，乃取道於小南路，不經此〔一〕，遂無由搨取，迄今以爲歉。至舍間金石，藏有此碑，尚係客西安時所購得。

〔一〕 『經此』二字，稿本作『徑此山』三字。

四八

終南山中牡丹高百餘尺，均係木本，花皆大如斗，香氣聞數百里〔一〕。

〔一〕 里，稿本作『步』。

四九

『窮達戀明主，耕桑亦近郊。』唐錢起詩也。『身多疾病思田里〔一〕，邑有流亡愧俸錢。』唐韋應物詩也。讀之覺温厚和平，去三百篇不遠。

〔一〕 思，稿本誤作『歸』。

五〇

杜工部詩〔一〕：『近來海内爲長句，汝與山東李白好。』足見長句最難，非有十分力量、十分學問者，不能作也。即以唐而論，以長句擅場者，李、杜、韓而外，亦惟高、岑、王、李四家耳。

〔一〕 『杜工部詩』四字，稿本作『杜工部□□□』，有三字空字。

五一

『不知今夜遊何處，侍從皆騎白鳳凰。』逼真神仙。『黄昏風雨黑如磐〔一〕，別我不知何處去。』逼真劍俠。『千回飲博家仍富，幾處報仇身不死。』逼真豪士。『天寒翠袖薄，日暮倚修竹。』逼真美人。『門前債主雁行列，屋裏酒人魚貫眠。』逼真無賴。『依倚將軍勢，調笑酒家胡。』逼真豪奴。〔二〕近江寧友人燕山南暑夜納涼詩云：『破芭蕉畔一絲風。』逼真窮鬼語。陳毅感事云：『偏是荒年飯量加。』逼真餓鬼語。

〔一〕 磐，稿本誤作『礬』。

〔二〕 按，此句後，稿本换行另起爲一條。

五二

余蒙師唐先生爲垣，素工詩，今集多散失，猶憶其過殤女厝棺詩曰〔一〕：『白晝畏人依故隴，黄昏覓伴嘯孤村。』荒寒蕭瑟及小兒女情態，並寫得出。

〔一〕棺，稿本作『屋』。

五三

菜花詩始於張翰『黄花如散金』，太白所云『張翰黄花句』也。近人菜花詩又有『花枝不上美人頭』句，余獨以爲不然，曾反其意作一詩曰：『摘得菜花何處用？嫩黄先襯玉搔頭。』亦明此花之可以上美人頭耳。客歲，又有句曰：『深紅不艷深黄艷，菜甲花開蝶四飛。』

五四

滬瀆城近海，土人爲言：曾有蛟幻作人夜叩門者，故相戒夜不闢扉。余紀事有云：『一樓四面窗，面面臨曠野。老蛟能變人，時來嚇居者。』即指此。

五五

伊犂地較西安已高八百一十里，見元和郡縣志。故初一日即見新月，余紀事詩所云『月朔新蟾已抱肩』也。

五六

湯泉以黄山硃砂泉爲第一，久浴之實可延年益壽。驪山及昌平者次之。餘則硫黄泉居多，水性酷烈，僅可以除風濕及疥癬之疾耳。余按試貴州，浴郭外湯泉詩云：『半生莫謂塵勞慣，已試人間第七湯。』蓋指黄山及臨潼、盩厔、昌平州、和州、句容與石阡也。後遣戍伊犁，又浴湯泉一，近頭臺蘆草溝。

五七

近時九列中詩，以錢宗伯載爲第一，紀尚書昀次之。宗伯以古體勝，尚書以近體勝。漢軍英廉相國，亦其次也。

五八

黄二尹景仁詩〔一〕：『太白高高天尺五，寶刀明月共輝光』，『獨立市橋人不識，一星如月看多時』，豪語也。『全家都在風聲裏，九月衣裳未翦裁』，『足如可析似勞薪』，苦語也。『似此星辰非昨夜，爲誰風露立中宵』〔二〕，『買得我拚珠十斛，賺來誰費豆三升』，雋語也。

〔一〕『景仁』二字，稿本無。

〔二〕『中宵』二字，稿本誤作『三更』。

五九

江寧詩人何士顒，居長干里，有友人投一詩曰：『仰首欲攀低首拜，長干一墖一詩人。』

六〇

近人有蘋果詩云：『緑如春水方生日〔一〕，紅似朝霞欲上時。』新穎而不涉纖，亦詠物詩之佼佼者。〔二〕

〔一〕如，稿本、張本、粤本、周本作『于』。

〔二〕稿本、張本、粤本無『新穎而不涉纖亦詠物詩之佼佼者』十四字。疑爲周本評而衍入正文。

六一

近時能爲中、晚唐詩者，無過方上舍正澍，其遊仙詩云：『鈞天樂苦無新奏，唱我紅墻夢裏詩』；『無數仙官齊仰首，殿中一帝一書生。』讀之飄飄欲仙。至若『月黑花臺一箇螢』，『紅豆樓窗懸小影』，『年年一度忌辰開』，則又鬼氣偪人矣。

六二

吴祭酒偉業詩，熟精諸史，是以引用確切，裁對精工。然生平殊昧平仄，如以長史之『長』爲平聲、韋杜之『韋』爲仄聲，實非小失。

六三

朱檢討彝尊曝書亭集，始學初唐，晚宗北宋，卒不能鎔鑄自成一家。

六四

近來浙中詩人，皆瓣香厲鶚樊榭山房集。然樊榭氣局本小，又意取尖新，恐不克爲詩壇初祖。

六五

同里錢秀才季重，工小詞，然飲酒使氣，有不可一世之槩。有三子，溺愛過甚，不令就塾，飯後即引與嬉戲，惟恐不當其意。嘗記其柱帖云：『酒酣或化莊生蝶〔一〕，飯飽甘爲孺子牛。』〔二〕真狂士也。

〔一〕莊生蝶，稿本作『蒙莊蝶』。

〔二〕孺，稿本作『豎』。

六六

『生不並時憐我晚，死無他恨惜公遲。』查編修慎行過紅豆山莊作也。近湖北張明經本，有題袁大令小倉山房集後云：『奄有衆長緣筆妙，未臻高格恨才多。』同一用意，而各極其妙。

卷二

一

詩文之可傳者有五：一曰性，二曰情，三曰氣，四曰趣，五曰格。詩文之以至性流露者，自六經四始而外，代殊不乏，然不數數覯也。其情之纏綿悱惻，令人可以生，可以死，可以哀，可以樂，則三百篇及楚騷等皆無不然。『河梁』『桐樹』之於友朋，秦嘉、荀粲之於夫婦，其用情雖不同，而情之至則一也。至詩文之有真氣者，秦、漢以降，孔北海、劉越石以迄有唐李、杜、韓、高、岑諸人，其尤著也。趣亦有三：有天趣，有生趣，有别趣。莊漆園、陶彭澤之作，可云有天趣者矣；元道州、韋蘇州亦其次也。東方朔之客難，枚叔之七發，以及阮籍詠懷，郭璞遊仙，可云有生趣者矣。僮約之作，頭責之文，以及鮑明遠、江文通之涉筆，可云有别趣者矣。至詩文講格律，已入下乘。然一代亦必有數人，如王莽之摹大誥〔一〕，蘇綽之倣尚書，其流弊必至於此。明李空同、李于鱗輩，一字一句，必規倣漢、魏、三唐，甚至有竄易古人詩文一二十字，即名爲己作者，此與蘇綽等亦何以異！本朝邵子湘、方望溪之文，王文簡之詩，亦不免有此病，則拘拘於格律之失也。

〔一〕 摹，稿本作『謨』。

二

李太白或以爲隴西人，或以爲蜀人，或以爲山東人。今以新、舊唐書本傳及集中詩校之〔一〕，云白十歲通詩書，既長，隱岷山，又爲益州長史蘇頲所禮。是白爲蜀人無疑。嗣後客任城，又與孔巢父等稱「竹溪六逸」〔二〕，皆在山東。杜甫詩據見在而言，故云「近來海内爲長句，汝與山東李白好」也。至隴西，李氏之望，又非居地。

〔一〕詩，稿本作「詩文」。

〔二〕又，稿本作「及」。

三

李、杜皆當稱「拾遺」。肅宗至德二年，拜甫爲左拾遺。代宗立，以左拾遺召白，而白已卒。若甫稱「工部」，則劍南參幕日檢校之官；李稱「翰林」，則賀知章薦舉時供奉之署，皆非實職，故云當稱「拾遺」爲是，况皆朝廷之所授也。

四

宋朱嚴第三人及第，王禹偁贈詩曰：「榜眼科名釋褐初。」是宋人亦以第三人爲榜眼。

五

人之一生，皆從忙裏過却。試思百事忽忙，即富貴有何趣味[一]？故富貴而能閒者，上也。否則寧可不富貴，不可不閒。余在翰林日，冬仲大雪，忽同年張船山過訪，遂相與縱飲，興豪而酒少，因掃庭畔雪入酒足之。曾有句云：『閒中富貴誰能有？白玉黄金合成酒。』此閒中一重公案也。及自伊犁蒙恩赦歸，抵家日偶賦一絶云：『病餘纔得卸櫜鞬，桃李迎門恍欲言。從此却營閒富貴，蝦蟇給廩鶴乘軒。』蓋散人之樂，實有形神並釋、魂夢俱恬者[二]。此又閒中公案之一重也[三]。此詩偶忘編入集，附記於此。

〔一〕 趣，稿本作『意』。

〔二〕 『實有』句，稿本作『過于紆金拖紫者』。

〔三〕 『此又閒中』四字，稿本作『是又閒』三字。

六

陶彭澤詩，有化工氣象。餘則惟能描摩山水，刻畫風雲，如潘、陸、鮑、左、二謝等是矣。

七

臧洪之節，過於魯連。弘演之忠，逾於豫讓。高漸離之友誼，青萍子之後勁也。欒布之義烈，王叔治之先聲也。

八

姑蘇、姑胥、姑餘，皆一地也。蘇、胥、餘並音同〔一〕，淮南覽冥訓：『軼鶤鷄於姑餘。』高誘注：『姑餘，山名，在吴。』

〔一〕蘇，授本原作『姑』，依稿本、張本、粤本改。

九

忠義奮發之語，有古今一致者。祖逖渡江，中流擊楫曰：『祖逖不能清中原而復反者，有如此江！』宋岳飛傳除荆南鄂州制置使〔一〕，渡江中流，顧幕屬曰：『飛不擒賊，不涉此！』然逖方披荆棘得河南數郡即卒；而飛竟盪平襄、鄧，翦滅湖湘諸賊，始朝服入朝。則忠義奮發雖同，而飛之才勇過於逖矣。

〔一〕鄂州，稿本作『鄂岳州』，據宋史卷三六五岳飛傳，當有『岳』字。

一〇

李愬之用元濟降將李祐，岳飛之用楊幺賊黨黄佐，其用意並同。

一一

飛後定謚『忠武』。見飛孫珂金陀粹編。其謚册引諸葛亮、郭子儀二人皆謚『忠武』爲比，而宋史本傳不載，可云疏略矣。

一二

邯鄲淳曹娥碑，見古文苑，文筆平實，不足以當『黄絹幼婦，外孫虀臼』之譽也。蔡中郎郭有道碑，自言『臨文無愧辭』，今讀之絶無異人處。蓋東京文體之衰，此二篇又東漢之平平者〔一〕。乃知向日盛傳此二碑，皆係耳食，爲古人所欺耳。余詠史詩云：『不被古人瞞到底，曹娥碑與郭君碑。』

〔一〕『漢』字下，稿本有一『文』字。

一三

關神武欲取秦宜禄妻〔一〕，見蜀記，裴松之注三國志引之。近有一腐儒，必欲爲神武辯無此事；不知英雄好色，本屬平常，不足爲神武諱也。

〔一〕取，稿本作『娶』。

一四

賦物詩，貴在小中見大。前人詠簷馬詩，五律下半云：『當世正多事，吾曹方苦兵；那堪簷漏下，又作戰場聲！』余近游天台，自嵊縣陸行，坐竹兜，甚適，亦有一律，下半云：『半世皋比座，前塵使者軺。老夫雙繭足，曾走萬程遥。』亦或庶幾耳。

一五

左傳僖公二十八年城濮之戰〔一〕，傳言執宛春以怒楚。今廬州府志載宛春爲廬州人，不知何據？

〔一〕二十八，各刻本均誤作『十三』，依稿本及左傳改。

一六

七律之多，無有過於宋陸務觀者。次則本朝查慎行。陸詩善寫景，查詩善寫情。寫景故千變萬化，層出不窮；寫情故宛轉關生，一唱三歎。蓋詩家之能事畢，而七律之能事亦畢矣。近日趙兵備翼亦擅此體，可爲陸、查之亞。

一七

中唐以後，小杜才識，亦非人所及。文章則有經濟，古近體詩則有氣勢，倘分其所長，亦足以了數子。宜其薄視元、白諸人也。

一八

有唐一代，詩文兼擅者，惟韓、柳、小杜三家。次則張燕公、元道州。他若孫可之、李習之、皇甫持正，能爲文而不能爲詩。高、岑、王、李、李、杜、韋、孟、元、白，能爲詩而不能爲文，即有文亦不及其詩。至詩及排偶文兼者，亦祗王、楊、盧、駱及李玉溪五家。餘則蘇頲、吕温、崔融、李華、李德裕等，文勝於詩；李嶠、張九齡、李益、皮日休、陸龜蒙等，詩勝於文；均不能兼擅也。宋代詩文兼擅者，亦惟歐陽文忠、蘇文忠、王荆公，南渡則朱文公，餘亦各有所長，不能兼美。

一九

杜工部之於庾開府，李供奉之於謝宣城，可云神似。至謝、庾各有獨到處，李、杜亦不能兼也。

二〇

宋初楊、劉、錢諸人學『西崑』，而究不及『西崑』；歐陽永叔自言學昌黎，而究不及昌黎；王荆公亦言學子美，而究不及子美；蘇端明自言學劉夢得，而究亦不能過夢得。所謂棋輸先著也。

二一

東漢人之學，以鄭北海爲最。東漢人之文，以孔北海爲最。東漢人之品，以管北海爲最。

二二

人才古今皆同，本無所不有。必視君相好尚所在，則人才亦趨集焉。漢尚經術，而儒流皆出於漢；唐尚詞章，而詩家皆出於唐；宋重理學，而理學皆出於宋；明重氣節，而氣節皆出於明。所謂下之化上〔一〕，捷於影響也。

〔一〕『下』字下，授本原有一『流』字，依稿本、張本、粵本、周本删。

二三

一代割據之主，皆有人材佐之，方足以倔强歲月。石趙之右侯，苻秦之王景略，李蜀之范長生等是矣。降至唐末、五代皆然，吳越之羅隱，荆南之梁震，馬氏之高郁，皆其人也。他若李密之用邴元真，王世充之用段達，以迄張士誠之用黄、蔡、葉，雖欲不亡，得乎〔一〕？

〔一〕乎，稿本作『哉』。

二四

秦三良，魯兩生，以迄田横島中之五百士，諸葛誕麾下之數百人，皆未竟其用而死，惜哉！

二五

鵲巢避太歲，明有所燭也。拘儒避反支，識有所囿也。

二六

徐知誥輔吴之初，年未强仕，以爲非老成不足壓衆，遂服藥變其鬚鬢〔一〕，一日成霜。宋寇萊公急欲作相，其法亦然。余見近時公卿，鬚鬢皓然，而百方覓藥以求其黑者，見又出二公下矣。袁大令枚有染鬚詩，余嘗戲之曰：『公事事欲學香山，即此一端，已斷不及。香山詩曰：「白鬚人立月明中」，又云「風光不稱白髭鬚」，而公欲飾貌修容〔二〕，是直陸展染鬢髮，欲以媚側室耳。』坐客皆大笑。

〔一〕 鬚，稿本多省寫作『須』。

〔二〕 飾，稿本作『設』。

二七

宋真宗稱向敏中大耐官職。此言實可警熱中及浮躁者。蓋一切功名富貴，惟能耐，器始遠大。徐中書步雲，召試得雋，急足至，方同客食牢丸，喜極，以牢丸覓口，半日不得口所在。人傳以爲笑。此即不能耐故也。世語稱魏文帝與陳思王争爲太子，及文帝得立，抱辛毗頸曰：『辛君知我喜不？』毗歸告其女憲英，憲英以爲『宜懼而喜，何以能久？魏其不昌乎！』是知倉猝中最足以覘人氣局度量也。

二八

屠刺史紳，生平好色，正室至四五，娶妾媵仍不在此數。卒以此得暴疾卒。余久之哭以詩曰：『閒情究累韓光政，醇酒終傷魏信陵。』蓋傷之也。

二九

孫兵備星衍配王恭人，善詩，所著有長離閣集，兵備曾屬余爲之序。蓋余次子盼孫，曾聘恭人所生次女。然兩家子女，不久並殤。恭人亦年二十四即卒。其閨房唱和詩，雖半經兵備裁定，然其幽奇惝怳處，兵備亦不能爲。如『青山獨歸處，花暗一層樓』；『一院露光團作雨，四山花影下如潮』。此類數十聯，皆未經人道語。

三〇

新唐書楊貴妃傳：妃嗜荔枝，必欲生致之，乃置騎傳送，走數千里，味未變，已至京師。杜牧之詩所云『一騎紅塵妃子笑，無人知是荔枝來』者也。人遂傳貢荔枝自此始，不知非也。後漢書和帝紀云：

臨武長汝南唐羌上書云[一]：『舊南海獻龍眼荔枝，十里一置，五里一候，奔騰阻險，死者繼路』云云，帝遂下詔勅大官勿復受獻，由是遂省焉。謝承後漢書所載亦同。是荔枝之貢，東漢初已然，不自唐始，亦不自貴妃始也。

〔一〕羌，稿本誤作『晃』。

三一

李賢後漢書注引帝王紀[一]：『紂時，傾宮婦人衣綾紈者三百餘人。』綾字始見此。説文：『東齊謂布帛之細者曰綾。』玉篇：『綾，文繒也。』蓋布帛之細者皆可名綾，今俗有綾布是也。

〔一〕『王』字下，各刻本原均有『世』字，依稿本及後漢書卷七桓帝紀注删。

三二

余里中有以酒食醉飽至成獄訟者，余戲贈以詩，内一聯云：『内史獄詞由海蛤，涪翁風病起江瑶。』一時傳以爲工。

三三

史記：呂不韋使其客八人著所聞集論爲八覽十二紀，三十餘萬言。漢淮南王客亦八人，漢書所云『八公』者是。今考兩家賓客，類皆割裂諸子，撏撦紀傳成書。秦以前古書，亡佚既多，無從對勘，即以今世所傳文子一書校之，遭其割截者十至七八，又故移徙前後，倒亂次序，以掩飾一時耳目，而博取重資。故余詠史中有一篇云：『著書空費萬黄金，剽竊根原尚可尋。吕覽淮南盡如此，兩家賓客太欺心。』足見賓客之不足恃，古今一轍。唐章懷太子注後漢書，魏王泰著括地志等盡然。李書簏以一手注文選，所以可貴也。

三四

余自塞外還，道出河南偃師，聞吾友武大令億卒〔一〕，往哭之，其子明經穆淳出謝〔二〕，並乞題數語於繐帳，以慰先人，余即作一聯云：『降年有永有不永，廉吏可爲可不爲。』〔三〕蓋大令諸兄皆老壽，惟大令年未周甲也。

〔一〕『億』下，稿本有一『已』字。

〔二〕穆淳，稿本作『某』。

〔三〕『可爲可不爲』，稿本及各刻本均作『可爲不可爲』，依文義乙正。

三五

青陽涂上舍國熙淮陰侯一詩，頗有論古之識，今録之：『首建奇謀闢漢疆，韓侯未肯負高皇。不將十面收强楚，終見三齊識假王〔一〕。相背君休思蒯徹，存心誰復似張良？臨風空灑英雄淚，淮水淮山兩渺茫。』〔二〕

〔一〕見，稿本作『許』；識，稿本作『攝』。

〔二〕兩，稿本作『自』。此句後，稿本有：『尚嫌「十面」二字未典，不如仍依史記、漢書只作「四面」也。』各刻本無。

三六

寫景易，寫情難；寫情猶易，寫性最難。若全椒王文學鼇詩二斷句，直寫性者也〔一〕：『呼奴具朝飧〔二〕，慰兒長途飢。關心雨後寒，試兒身上衣。』『兒飢與兒寒，重勞慈母心。天地有寒燠，母心隨時深。』實能道出慈母心事。

〔一〕直，稿本作『真』。

〔二〕飧，粵本、周本作『飱』。

三七

近人有白門莫愁湖詩：『英雄與兒女，各自占千秋。』余以爲英雄、兒女平分，尚未公允，曾口占一絶云：『神仙富貴分頭占，一箇茅山一蔣山。只有斯湖尚公道，英雄兒女總相關。』蓋分言之，不如渾言之耳。

三八

『問君能有幾多愁？却似一江春水向東流〔一〕。』李後主詞，寫愁可謂至矣。余最愛白門凌秀才霄秦淮春漲詩云：『春情從此如春水，傍著闌干日夜生。』寫情亦可云獨到。二君皆借春水以喻，然一覺傷心欲絶，一覺逸興遄飛，則二君之所遇然也。

〔一〕似，稿本、張本、粵本作『是』。

三九

『蟬曳殘聲過別枝』，實屬體物之妙。余又見殘聲未到別枝，而半道復爲雀所食者〔一〕，雀嗉中尚若音響，曾作哺蟬行云：『一蟬響一枝，十蟬響十柯，閒開四面窗，蟬響何其多！　餘聲尚未到別樹，黃雀突來將汝哺。微蟲雖小響未沉，倘向黃雀喉中尋。』亦可見天地間景物，無所不有，苦吟者亦描寫不盡耳。

〔一〕『而』字，稿本無。

四〇

左傳：　蔡哀侯見息嬀弗賓〔一〕；　又云楚子元欲蠱文夫人，及子元反自鄭，遂處王宮。曰『弗賓』，曰『欲蠱』〔二〕，蓋好色之招釁也〔三〕。今漢水入江處，有桃花夫人廟，相傳即息夫人。余嘗題一絶云：『空將妾貌比花妍〔四〕，石上桃花色可憐。何似望夫山上石，不回頭已一千年。』弔之亦原之耳。

〔一〕見，稿本作『饗』；弗賓，稿本作『不敬』，左傳莊公十年原作：『蔡侯止而見之，弗賓。』

〔二〕曰弗賓曰欲蠱，稿本作『云不敬云欲蠱』。

〔三〕好，稿本、張本、粵本、周本作『皆』。

〔四〕花，授本原作『桃』，依稿本、張本、粵本、周本及更生齋集詩續集二桃花夫人石改。

四一

詩序言江漢之女，被文王之化，有不爲强暴所污者。是知遇强暴而不污〔一〕，惟第一等烈女子能之，若息嬀之遇楚文，高澄妻之值高洋，皆所云强暴之污也。洋之禽獸行，固不足責，楚文能爲伐蔡復仇，似良心尚有未泯處。至子元蠱之成與否，尚屬疑案〔二〕。總之，悲其遇可也〔三〕；原其心亦可也；若元微之之崔氏，則失之於前；陸務觀之妻唐氏，則失之於後；又不可援息嬀之例。

〔一〕是，稿本、張本、粵本作『足』。

〔二〕『尚』前，稿本有一『亦』字。

〔三〕悲，稿本作『傷』。

四二

女子不幸而作秋胡之妻、樂羊之婦。然身可死，名不可没也〔一〕。若息嬀者，則又恨其名之傳也〔二〕。

〔一〕没，稿本作『滅』。

〔二〕也，稿本、張本、粵本作『耳』。

四三

如畫溪山，必須畫舫乃稱。平山堂之舫，不及西子湖；西子湖之舫，不及桃葉渡；至若山陰鏡湖之舟，雖船船皆畫，然正如薄笨之車，旋轉不便耳。

四四

虎丘泛舟，以朱翠炫目勝。秦淮泛舟，以絲竹沸耳勝。平山堂泛舟，以園林池館稱心勝。若西子湖、鑑湖，則以上三者，春秋佳日，時時有之；又加以山水清華，洞壑奇妙，風雲變化，烟雨迷離，覺可以娱心志、悦耳目者，無逾此也。外如鴛鴦湖之百重楊柳〔一〕，消夏灣之十里芙蕖〔二〕，柳色花光，亦其次也。

〔一〕鴛鴦，稿本省寫作『夗央』。

〔二〕十，授本原作『千』，依稿本、張本、粤本、周本改。

四五

余屢夢至一處：石厓峭削，門外有古澗，時濯足其中。遇有不稱心事，輒誦舊作二句云：『久無胸次居公等，别有池臺寄夢中。』即指此也。

昂』。

四六

李青蓮之詩，佳處在不著紙。杜浣花之詩，佳處在力透紙背。韓昌黎之詩，佳處在『字向紙上皆軒

四七

漢昭帝十四歲，識上書人之詐。顯宗八歲，辨奏牘之誣。皆所謂『生而知之』者〔一〕。魏高貴鄉公亦然，特所遇不幸耳。漢靈帝之不登高，晉惠帝之『何不食肉糜』，則真下愚耳。〔二〕然以惠帝之愚暗，而於嵇紹之死，則曰『侍中血弗浣』。成帝之童蒙，而於劉超、鍾雅之遇害，則云『還我侍中右衛』。是知惟忠義可以感人，無智愚賢不肖之異矣〔三〕。

〔一〕『者』字，稿本無。

〔二〕按，『耳』字後，稿本換行另起爲一則，張本『耳』字恰爲行末之字，粤本、周本、授本均不另起。

〔三〕矣，稿本、張本、粤本、周本無此字。

四八

蘇端明爲上清宫碑改作一事，不敢斥言，作一詩嫁名唐代，云：『淮西功業冠吾唐，吏部文章日月光。千載斷碑人膾炙，不知世有段文昌。』近時朱檢討彝尊因事斥出南書房，亦有一絶云：『海内文章

有定評，南來庾信北徐陵。誰知著作修文殿，物論翻歸祖孝徵！』二公意皆有所指。然非二公之才望、學殖，亦不敢作此詩也。

四九

歐陽公善詩而不善評詩，如所推蘇子美、梅聖俞〔一〕，皆非冠絶一代之才。又自詡廬山高一篇，在公集中，亦屬中下。甚矣，知人知己之難也！

〔一〕聖，稿本、張本誤作『舜』。

五〇

歐陽公『行人舉頭飛鳥驚』七字，畢竟不凡。

五一

幔亭張樂，豔説中秋；蘭亭賦詩，韻傳上巳。黄羅傳柑之在元夜，白衣送酒之屬重陽，以及曲江之三月三日，驪山之七月七夕，皆藉詩文得傳。他若盱江之五日，上河之清明，又以圖繪益著。文人筆墨，有益於良辰勝地如此〔一〕！

〔一〕如，稿本作『若』。

五二

明李空同、王弇州皆以長句得名，李之『戰勝歸來血洗刀，白日不動青天高』，王之『老夫興發不可刪，大海迴風生紫瀾』，皆屬歌行中傑作。

五三

近時長沙張進士九徵、吾鄉萬進士應馨，才氣皆風發泉湧，惜尚多浮響。

五四

王新城尚書作聲調譜，然尚書生平所作七言歌行，實受聲調之累。唐、宋名家、大家，均不若此〔一〕。

〔一〕『此』字下，稿本有一『也』字。

五五

『寧可枝頭抱香死，不曾吹墮北風中。』『此世但除君父外，不曾別受一人恩。』此宋末鄭所南思肖詩也。讀之頑夫廉，懦夫立志。

五六

言情之作，至魂夢往來，可云至矣。潛山丁秀才鵬年又翻進一層云：『如何夢亦相逢少？怕我傷心未肯來。』〔一〕

〔一〕 未，稿本作『不』。

五七

商太守盤秋霞曲、楊户部芳燦鳳齡曲〔一〕，皆能叙小兒女情事，宛轉關生。然淋漓盡致中，下語復極有分寸，則商爲過之。

〔一〕 齡，稿本、張本、粤本誤作『林』。

五八

詩人愛用六朝，然能出新意者亦少。惟陳布衣毅牛首山詩極爲警策，云：『似愁人世興亡速〔一〕，不肯回頭望六朝。』

〔一〕 速，稿本作『易』。

五九

無錫一縣，明及本朝進士第一凡三人，而皆名皋：正德九年唐皋，曾寓居無錫；萬曆二年孫繼皋；今歲嘉慶六年辛酉恩科則顧皋。不及二百年，三人相繼魁天下，而皆名皋，亦異事也。

六〇

詩人用意，有不謀而合者，宋陳子高詩云：『淚眼生憎好天氣，離腸偏觸病心情。』而吾友汪助教端光云：『並無歧路傷離別，正是華年算死生。』雖取徑各別，而用意則同。然二聯亦皆前人所未道也。

六一

王新城居易録，載鼎甲之衰，未有如康熙丁丑者：狀元李蟠以科場事流徙奉天；榜眼嚴虞惇以子弟中式降調；探花姜宸英亦以科場事牽涉，卒於請室。余謂康熙癸未亦然：狀元王式丹以江南科場事牽涉，卒於罪所〔一〕；榜眼趙晉以辛卯江南主試賄賂狼藉，爲巡撫張伯行參奏伏法；探花錢名世則以年羹堯黨，世宗憲皇帝特書『名教罪人』四字賜之。乾隆乙未科一甲三人亦不利：狀元吴錫齡、探花沈清藻皆及第後未一年即卒〔二〕；榜眼汪鏞以傳臚不到，未受職先已罰俸，官編修幾三十年，垂老始改御史。

〔一〕罪，稿本、張本、粵本作『非』。
〔二〕齡，稿本、張本、粵本誤作『麟』。

六二

高東井孝廉，高才不遇，所作詩亦時有憤時嫉俗之語。嘗記其觀劇一絶云：『曲江宴上探花回，試窘師門却費才。端莫輕他由竇客，許多卿相此中來。』

六三

李太白詩：『相迎不道遠，直至長風沙。』長風沙今在安慶府懷寧縣，即石牌灣也。宋史周湛傳：『爲江淮發運使，上言大江歷舒州、長風沙，其地最險，謂之石牌灣。湛役三千萬工，鑿河十里以避之。人以爲利。』水經注：『江水徑長風山南，得長風口，江浦也。』

六四

『錢唐門外卸蒲帆，小婢相扶上岸攙〔一〕。一晌當風立無奈，夕陽紅透紫羅衫。』此余癸巳年初到西湖作也，不復存稿。戊午冬，乞假歸，薄遊湖上，於何春渚徵君扇頭見之〔二〕。

〔一〕攙，稿本誤作『欃』。
〔二〕『何』字原脱，依稿本、張本、粵本補。

六五

羅世材，湖北人，成嘉慶四年進士，距鄉試時，已十一上春官矣。其題號舍詩曰：『年年棄甲笑于思，依舊青鞋布韈來。三十三回燒畫燭，可知蠟淚已成堆。』羅多髯，故以自嘲云。其房師潘學士世恩爲余言之。

六六

章編修道鴻，甲午江南解元也。是科余本擬第一人，房師以制藝中數語恐犯磨勘，力言於主司〔一〕，抑置副榜第一，而章遂首多士矣。章亦十一上春官，及入翰林，已爲余七科後輩，功名之遲速有定如此。康熙中，粵東梁佩蘭亦十二上春官，方得第，然選庶吉士未及散館而卒。

〔一〕司，稿本、張本、粵本作『師』。

六七

『古來才大難爲用』，杜工部詩也。新唐書隱逸孫思邈傳：『周洛州總管獨孤信見其少〔一〕，異之曰：「聖童也，顧器大難爲用。」』或即工部語所本。

〔一〕『周洛州總管獨孤信見其年少』十一字，授本原作『獨孤信』，依張本、粵本、周本及新唐書改補。

六八

李學士中簡在上書房最久，諸皇子皆服其品學。乾隆乙酉歲秋，上偶以『鳩唤雨』命題，試内廷諸翰林，君詩最速成，中一聯云：『徭陽猶可挽，拙性本無他。』

六九

應制、應試，皆例用八韻詩。八韻詩於諸體中，又若别成一格。有作家而不能作八韻詩者〔一〕，有八韻詩工而實非作家者。如項郎中家達、貴主事徵，雖不以詩名家，而八韻則極工。項壬子年考差題爲王道如龍首得龍字，五六云：『詎必全身見，能令衆體從。』貴己酉年朝考題爲草色遥看近卻無得無字，五六云：『緑歸行馬外，青入濯龍無〔二〕。』可云工矣。吴祭酒錫麒〔三〕，諸作外，復工此體，然庚戌考差題爲林表明霽色得寒字〔四〕，吴頸聯下句云：『照破萬家寒』，時閲卷者爲大學士伯和珅，忽大驚曰：『此卷有破家字，斷不可取！』吴卷由此斥落。足見場屋中詩文，即字句亦須檢點。

〔一〕『作八韻詩』之『作』字，稿本、張本、粤本作『爲』。

〔二〕無，稿本作『餘』。按：『無』屬『虞』韻，『餘』屬『魚』韻，『餘』字當爲出韻。

〔三〕麒，稿本誤寫作『錤』。

〔四〕庚戌，稿本作『庚申』，當有誤記。

七〇

詩有自然超脱，雖不作富貴語，而必非酸寒人所能到者。馮相國英廉詠雪詩：『填平世上崎嶇路，冷到人間富貴家』；畢尚書沅喜雨詩：『五更陡入清涼夢，萬物平添歡喜心』之類是也〔一〕。

〔一〕『是』字，稿本無。

七一

近人作金山詩，五言以方上舍正澍『萬古不知地，全山如在舟』二語爲最；七言以童山人鈺『重疊樓臺知地少，奔騰江海覺天忙』二語爲最。

七二

余有憶女紡孫詩云：『不是阿耶偏愛汝，歸寧無母最傷心。』及讀濬縣周大令遇渭詩送女云：『來時有母去時無』，則兩層并作一層，益覺沉痛。

七三

商太守盤詩似勝於袁大令枚，以新警而不佻也。

七四

余頗不喜吾鄉邵山人長蘅詩，以其作意矜情，描頭畫角〔一〕，而又無真性情與氣也。晚年，入宋商丘犖幕，則復學步邯鄲，益不足觀。其散體文，亦惟有古人面目，苦無獨到處。

〔一〕角，稿本、張本、粵本作「脚」。

七五

原壤貍首之歌，已開阮籍之先。賴聖人能救正之耳。

七六

靜者心多妙。體物之工，亦惟靜者能之。如柳柳州「回風一蕭瑟，林影久參差。」李嘉祐「細雨濕衣看不見，閒花落地聽無聲〔一〕。」鹵莽人能體會及此否？

〔一〕落，稿本誤作「滿」。

七七

詩家例用倒句法，方覺奇峭生動，如韓之雉帶箭云：「將軍大笑官吏賀，五色離披馬前墮」；杜之冬狩行云：「草中狐兔盡何益？天子不在咸陽宮。」使上下句各倒轉，則平率已甚，夫人能爲之，不必韓、杜矣。

七八

作牡丹詩自不宜寒儉，即如前人詩：『國色朝酣酒，天香夜染衣。』比體也。『一叢深色花，十户中人賦。』諷諭體也。外如『看到子孫能幾家』，『一生能得幾回看』，皆是空處著筆〔一〕，能實詮題面者實少〔二〕。若不得已求其次，則唐李山甫之『數苞仙豔火中出，一片異香天上來』，宋潘紫巖之『一縷暗藏金世界，千重高擁玉樓臺』，尚能形容盡致。余自少至今，牡丹詩不下數十首，然實詮題面者，亦殊不多，今略附數聯於後：辛酉年三月十五日在舍間看牡丹詩：『得天獨厚開盈尺，與月同圓到十分』；壬子年京邸國花堂看牡丹詩：『縱教風雨無寒色，占得樓臺是此花』；今歲培園看牡丹詩：『十里散香蘇地脈，萬花低首避天人』；又：『當晝乍舒千尺錦，殿春仍與十分香』；及少日里中騰光館看牡丹詩：『調脂金鼎儼同味，承露玉盤饒異香』。與本日所作六首，不知可有一二語能彷彿花王體格否？

〔一〕是，稿本、張本、粤本、周本作『於』。

〔二〕實少，稿本作『究少』。

七九

白牡丹詩，以唐韋端己『入門惟覺一庭香』，及開元明公『別有玉盤承露冷，無人起向月中看』爲最。近人詩『富貴叢中本色難』，亦其次也。余昨在宣城章司訓玲席上詠白牡丹云〔一〕：『三霄雨露承青帝，一朵芬菲號素王〔二〕。』以花在泮池旁，或尚切題也。

〔一〕章司訓玲，張本、粵本作『章司訓珍』，周本、授本作『張司訓珍』。按，洪亮吉更生齋集詩續集卷六下詩，題作『童博士玲招引牡丹花下時花中有白色一種尤佳因率呈一律』，人名則作『童玲』，與詩話均有異文。章、童形近，章、張音近，玲、珍形近，今依稿本改。

〔二〕芬，授本原作『芳』，依稿本、張本、粵本改。

八〇

紅牡丹詩，前人絶少。余前在同鄉劉宮贊種之席上，賦牡丹詩〔一〕，中二聯云：『神仙隊裏仍耽酒〔二〕，富貴叢中獨賜緋〔三〕。影共朝霞相激射，情於紅袖最因依。』僅敷衍題字，不能工也。

〔一〕『詩』字，稿本無。

〔二〕仍，稿本作『偏』，洪亮吉更生齋集卷三劉中允種之齋頭紅牡丹盛開招同人小集即席賦贈作『仍』。

〔三〕『貴』字，稿本脱。

八一

太倉王秀才芥子，有牡丹詩一聯云：『相公自進姚黄種，妃子偏吟李白詩。』爲一時所傳誦。然究傷纖巧。

卷三

一

藏書家有數等：得一書必推求本原，是正缺失，是謂考訂家，如錢少詹大昕、戴吉士震諸人是也。次則辨其板片，注其錯譌，是謂校讐家，如盧學士文弨、翁閣學方綱諸人是也。次則搜采異本，上則補石室金匱之遺亡[一]，下可備通人博士之瀏覽，是謂收藏家，如鄞縣范氏之天一閣、錢唐吴氏之瓶花齋、崑山徐氏之傳是樓諸家是也。次則第求精本，獨嗜宋刻，作者之旨意縱未盡窺，而刻書之年月最所深悉，是謂賞鑒家，如吴門黄主事丕烈、鄔鎮鮑處士廷博諸人是也。又次則於舊家中落者，賤售其所藏，富室嗜書者，要求其善價，眼別真贋，心知古今，閩本蜀本，一不得欺，宋槧元槧，見而即識，是謂掠販家，如吴門之錢景開、陶五柳、湖州之施漢英諸書估是也。

〔一〕則，稿本作『足』。

二

南宋之文，朱元晦大家也[一]。南宋之詩，陸務觀大家也。

〔一〕元，稿本、張本、粤本作『仲』。朱熹，字元晦，一字仲晦。

三

成親王工詩，年四十六，髮已半白。嘗有夜坐詩曰：『事繁書慰夜，心短睡辭人。』

四

詩人之工〔一〕，未有不自識字讀書始者。即以唐初四子論，年僅弱冠，而所作孔子廟碑，近日淹雅之士，有半不知其所出者。他可類推矣。以韓文公之頫視一切，而必諄諄曰：『凡爲文辭，宜略識字。』杜工部，詩家宗匠也，亦曰『讀書難字過』，可見讀書又必自識字始矣〔二〕。弄麐宰相，伏獵侍郎，不聞有詩文傳世，職是故耳。近時士大夫，亦有讀『鍼灸』之『灸』爲『炙』，『草菅』之『菅』爲『管』，呼『金日磾』『万俟卨』一如本字者，則『弄麐』『伏獵』，又可以分謗矣。

〔一〕人，稿本作『文』。

〔二〕見，稿本、張本、粤本、周本作『知』。

五

吾鄉有以進士起家、現居要地者，人乞其一札爲寒士先導，用晉書劉弘傳『得劉公一紙書，勝於十部從事』語，此君復椷云：『劉公何人？現居何職？乞開示，以便往拜。』人傳以爲口實云。

六

人但知陶淵明詩一味真淳，不填故實，而以爲作詩可不讀書。不知淵明所著聖賢羣輔録等，又考訂精詳，一字不苟也。

七

道家之有真實本領者，釋氏不能學。道家之祖尚玄虚者，釋氏始竊其緒餘以名於世。大抵釋氏書之精，皆莊、列之緒餘也。其至粗如『道在屎橛』等，釋氏亦竊之。南宋儒者，似又竊釋氏緒餘〔一〕。此即莊子所謂『每况愈下』也〔二〕。

〔一〕『氏』下，稿本有一『之』字。

〔二〕每况愈下，稿本誤作『每下愈况』。

八

李白扶風豪士歌，在吴中所作，非贈人也。涇縣舊志以爲贈縣人萬巨所作，鑿矣。

九

今時學者，讀斷爛朝報，即以爲通曉世事；讀高頭講章，即以爲沉酣經籍；何與昔人之知今知古異乎！

一〇

詩句限年，往往成讖。袁大令枚丁酉元日詩：『不賀賓朋先自賀，堂前九十四齡親。』然太夫人即於是年棄養。朱學士筠辛丑歲自福建學使任滿歸，歲朝作詩，有『五十三年律漸工』句，果於是年下世。乾隆中，皇五子□□王亦最工詩〔一〕，於謝世之前，賦元日詩云：『三十九年蒙豢養。』亦不久奄忽。三詩並出無心，又並作於元日，並成詩讖，可云異矣。

〔一〕 按，『皇五子』下，各本均空二字。

一一

余最愛明張夢晉一絶云：『隱隱江城玉漏催，勸君且盡掌中杯。高樓明月清歌夜，此是人生第幾回？』謂有思之惘惘、盡而不盡之致。近時桐城方世泰亦有二語云：『稱心一日足千古，高會百年能幾回？』便稍覺直致，然亦似劍南集中語。

一二

詩詞之界甚嚴。北宋人之詞，類可入詩，以清新雅正故也。南宋人之詩，類可入詞，以流艷巧側故也。至元而詩與詞更無別矣。此虞伯生、吳淵穎諸人所以可貴也〔一〕。

〔一〕『也』字，稿本上有圈去號，各刻本仍有。

一三

李明經御，字琴夫，詩有奇氣，京口詞人之冠也。嘗見其讀戰國策書後九首之一云：『解紛如解玉連環〔一〕，一笑飄然東海還。世上共求天下士，不知東海在人間！』

〔一〕解紛如解，稿本作『解紛如掌』。

一四

今歲二月中，遊天台，獨未及訪銅壺滴漏，以爲歉事。秋杪，以事至焦山，張司馬鉉自京口携其台、蕩、黄山詩，屬爲訂定，内有越山至銅壺滴漏處一篇云：『俯觀繩繫背，側立僕持踵』，頗能繪涉險情事。又云：『佛以四海水，入山一毛孔』，雖用釋典，亦與此題確稱。張娶詩人鮑海門女，字茝香，亦能詩，有送外遊黄山台蕩一律，頗工。張答之曰：『粗成唱和今生願，小證烟波夙世緣。』前余在京師，鮑郎中之鍾屢誇其三妹皆工詩〔一〕，余未之信，今茝香即其第二妹也。

〔一〕三，授本原作『二』，依稿本、張本、粵本、周本改。

一五

司馬從弟上舍崟，工近體詩。畫青緑山水，殊有元人筆法。曾作萬里荷戈圖見贈。余寄以二詩，末一首云：『荷戈人在夕陽邊，宛馬如龍不著鞭。欲貌鴻濛萬年雪〔一〕，別施輕粉寫祁連。』上舍時時誦之。

〔一〕年，授本原作『里』，依稿本、張本、粵本、周本及洪亮吉更生齋集詩續集卷三焦山贈張上舍崟中句改。

一六

焦山後有松、寥二小山，境極幽邃，鷹鶻黿獺，遂各據其一。今一山峰頂盡白，蓋鷹糞所積也。余守風山後，曾久憩於此，偶得句云〔一〕：『鷹同獺占東西嶺，浪與人争出没舟。』荒寒奇險之景，或亦遊焦山者所未及道耳〔二〕。

〔一〕『云』字，稿本、張本、粵本無。

〔二〕『亦』下，稿本有一『向』字。

一七

太倉蘇如玉茂才遊山詩，亦頗刻畫盡致，如遊黄山朱砂菴至文殊院詩云：『抱崖十指牢，垂巖一足賸。屈膝磨過腹，縮項低觸脛。』遊山實有此境。辛酉冬，余過太倉，飲汪庶子學金家三日，無日不與茂才偕飲，量甚豪，一如其詩。

一八

今人以『餻』字爲俗，並附會云：唐劉夢得作九日詩，不敢用『餻』字。此説未確。方言：『餌謂之餻』。廣雅：『餻，餌也。』惟説文不收此字，徐鉉新附始有之。然詩人所用字，豈能盡出説文耶？（北史綦連猛傳：『謡云：「七月刈禾太早，九月噉餻未好。」』是六朝時歌謡已用餻字矣。）

一九

吾鄉乾隆壬戌、乙丑二科，皆得鼎甲二人〔一〕：壬戌榜眼楊述曾、探花湯大紳，乙丑狀元錢維城、榜眼莊存與是也。然宋時亦有之〔二〕：熙寧癸丑省元邵剛、狀元余中皆毗陵人〔三〕，是矣。此條周密齊東野語亦載之。〔四〕

〔一〕二，稿本作『弍』。

〔二〕『亦』下，稿本有一『嘗』字。

〔三〕剛，授本原作『綱』，依稿本、張本、粵本及齊東野語卷十六改。

〔四〕授本原無『此條周密齊東野語亦載之』十一字，依稿本、張本、粵本、周本補。

二〇

萬青閣偶談，載一甲三人，同時皆至八座。惟康熙癸丑狀元韓菼爲禮書，榜眼王鴻緒爲户書〔一〕，探花徐秉義爲吏侍。今考乾隆乙丑亦同：狀元錢維城刑侍贈尚書，榜眼莊存與禮侍，探花王際華户書，亦皆同時，又皆曾直南書房，皆曾爲會試總裁，似又過癸丑矣。

〔一〕户，稿本作『工』。按，依清史稿卷一八〇部院大臣年表上，王鴻緒康熙三十八年至四十七年任工部尚書，四十七年至四十八年任户部尚書。

二一

槐廳載筆載兄弟同時爲主考，尚漏吾鄉莊少宗伯存與、修撰培因。（皆乾隆丙子。一典試浙江，一典試福建，皆道出里門。）不二年，又皆視學。（一直隸，一福建。）無錫秦編修泉，弟編修潮。（皆乾隆癸卯。一典河南，一典陝西。）若父子同時爲考官者，大學士劉統勳主考順天，其子編修墉主考廣西，皆乾隆丙子；及吾鄉劉冢宰綸主考順天，其子編修躍雲主考山東，皆乾隆庚寅也〔一〕。

〔一〕『若父子同爲考官者』下，稿本無『大學士劉統勳……皆乾隆丙子及』二十五字；『吾鄉劉冢宰』，稿本作『亦惟吾鄉有之，劉冢宰』；『躍雲』下，稿本有一『即』字。

二二

池北偶談載順治戊戌一甲三人：常熟孫承恩、鹽城孫一致、全椒吴國對，皆江南人。己亥一甲三人〔一〕，亦皆江南：徐元文、華亦祥、葉方靄也〔二〕。至乾隆庚戌一甲三人，亦皆江南：吴縣石韞玉、青陽王宗誠與亮吉是也〔三〕。（下科始分江蘇、安徽爲二。）是科特旨，命無錫嵇文恭璜赴禮部恩榮宴，會後同年與同鄉後進三人，皆接坐禮部堂上〔四〕，則又戊戌、己亥所不能及。信乎壽考作人之化所致也。

〔一〕一，稿本作『乙』。

〔二〕徐元文，稿本原誤乙作『徐文元』。靄，各本均作『藹』，徑改。

〔三〕誠，授本原作『城』，依稿本、張本、粵本、周本改。

〔四〕授本原無『皆』字，依張本、粵本、周本補。

二三

殿試卷例以前十本進呈。惟乾隆庚辰年，秦尚書蕙田等以十本外尚有佳卷奏奉〔一〕，特旨許以十二本進呈。是科十四名以前並入翰林，洵屬異數。至乙卯年恩科，大學士伯和珅讀卷，以無佳策，止取八本呈覽。然是科一甲有兩盛事：狀元王以銜即本科會元王以鋙胞兄〔二〕，探花潘世璜又前科狀元潘世恩從兄也。

〔一〕稿本、張本、粵本、周本無『奏奉』二字。

〔二〕兄，稿本、張本、粵本作『弟』。按，據繆荃孫編續碑傳集收姚文田撰王以銜墓志銘，王以銜爲兄，王以鋙爲弟。

二四

本朝一百餘年，湖南士子成進士，未有入進呈十本中者。有之，自乾隆庚辰，今劉參相權之始。（劉爲二甲第四，實十本中第七。）暨嘉慶乙丑，劉充殿試讀卷官，而狀元、探花，皆在湖南矣。（狀元彭浚，探花何凌漢。）〔一〕考宋淳熙丁未，湖南亦最盛，省元湯璹、狀元王容，皆長沙人。見齊東野語。

〔一〕授本此條原無注語，依張本、粵本、周本補，稿本有注，唯『探花』後無姓名，作空字。

二五

方上舍正澍有過瓦官寺詩曰：『廢苑苔生天子筆，（寺舊有梁武帝題額）荒街春繡地丁花。』歎其屬對之工。然亦有所本，唐人詩云：『牀頭兩甕地黄酒，架上一封天子書。』語亦生峭可喜。乃知方詩又本於此也。

二六

宋蘇子容詩：『把麻人衆引聲長。』蘇子由詩亦云：『明日白麻傳好語，曼聲微繞殿中央。』蓋唐、宋時宣麻制，皆曼延其聲如歌詠之狀。今殿試臚傳日，鴻臚寺官立殿下唱第，引聲亦甚長，唱一甲三人、二甲第一人、三甲第一人，必移時始畢，蓋古法也。又一甲三人，唱名至三次，亦寓慎重之意。

二七

又俗語謂狀元『獨占鼇頭』〔一〕，語非盡無稽。臚傳畢〔二〕，贊禮官引東班狀元、西班榜眼二人前趨，至殿陛下迎殿試榜，抵陛，則狀元稍前，進立中陛石上，石正中鐫升龍及巨鼇，蓋警蹕出入所由，即古所謂螭頭矣。俗語所本以此。榜亭出，一甲三人隨之，由午門正中而出。蓋親王、宰相亦無此異數。大學士嵇文恭公嘗笑語余曰：『某爲宰相十年，不及一日之新進』云。

〔一〕 謂，稿本、張本、粤本作『爲』。

〔三〕傳，稿本作『唱』。

二八

作詩造句難，造字更難。若造境、造意，則非大家不能。近日順德黎明經簡，頗擅此長。惜年甫四十而卒。然所存諸詩，尚足以睥睨一世。

二九

唐少府軼華，居中河橋側，余未出塾，即與訂交。倜儻有俠氣〔一〕，沉淪簿尉，非其志也。今寄居皖公山左，余遊匡廬，曾便道訪之，爲題柱帖云：『看山蹤跡吾還健，入世心期爾最先。』蓋總角時第一相識也。

〔一〕『倜』字前，稿本有『爲人』二字。

三〇

作富貴語，不必金、玉、珠、寶也，如『夜深斜搭秋千索，樓閣冥濛細雨中』，及『夜深臺殿月高低』，僅寫雨及月，而富貴氣象宛然。然尚有臺、殿、樓、閣字也。温八叉詩云：『隔竹見籠疑有鶴，捲簾看畫静無人』〔一〕；韋端己詩：『銀燭樹前長似晝，露桃花裏不知秋。』第二等人家，即無此氣象。近人詩，則『天氣清涼人好睡〔二〕，闌干閒在月明中』，及『路暗迷人百種花』亦是。余前有送春詩云：『三面水亭簾不捲，百花香裏度殘春。』又初夏云：『居然一服清涼散，不啖荷珠即露珠。』正不必用八寶丹，自爾不寒儉也。

〔一〕靜，稿本作『更』。按，温庭筠題李處士幽居版本中，『靜』『更』即有異文。

〔二〕清，稿本、張本、粵本作『新』。按，引詩爲宋吴惟信秋夕詩中句，詩中此字作『微』。

三一

杜工部之救房琯，則生平『許身稷契』之一念誤之也。李供奉之知郭子儀，則生平慕魯仲連一流人之識廓之也。韓吏部之折王庭湊，則生平諫佛骨及不好神仙之定見致之也。〔一〕能諫佛骨，即能驅鱷魚；能驅鱷魚，即能折王庭湊〔二〕。故余嘗有詠史詩曰：『異類强藩盡低首，王庭湊與鱷魚同。』〔三〕

〔一〕按，『能諫佛骨』起，稿本另起爲一則。

〔二〕王，稿本原誤衍作『王王』。

〔三〕按，此則後，稿本原有一則，作：『「太極圈兒大，先生帽子高」，今日塾師之狀也。「都都平丈我，學生滿堂坐。郁郁乎文哉，學生去不來」，今日塾師之學也。』後洪亮吉框去以示删除。

三二

古人事皆有本。明宣德時芳草鬬雞缸，即仿漢時春草雞翹織刺以爲之者〔一〕。史游急就篇：『春草雞翹鳧翁濯』，顔師古注云：『春草，象其初生纖麗之狀也；雞翹，雞尾之曲垂者。』言織刺爲春草雞翅之形。一曰染衣色似之。蓋漢儒施於絹素者〔二〕，明則用之於磁器耳〔三〕。

〔一〕此則中，「翅」字稿本原均寫作「𧿳」。

〔二〕絹，授本原作「綃」，依稿本、張本、粵本、周本改。

〔三〕「明」下，稿本有一「代」字。

三三

御覽引春秋考異郵云：「戴紝出，蠶期起。」詩正義引里語云：「促織鳴，嬾婦驚。」正可相對。古人重女工，故蟲鳥亦皆以紝織爲名，巧婦、布母、女鷗、工雀，名義並同。

三四

王文簡詩，律體勝於古體，五、七言絶句又勝於五、七律。余最愛其國士橋一篇云：「國士橋邊水，千秋恨不窮。如聞杜厲叔，死報莒敖公。」蟂磯夫人祠一篇云：「霸氣江東久寂寥，永安宫殿莽蕭蕭。都將家國無窮恨，分付潯陽上下潮。」以爲此非詩人之詩，可與知人論世矣。

三五

余最喜宋魏野上寇萊公詩云：「有官居鼎鼐，無地起樓臺。」夫萊公以崛起爲宰執，立朝未久〔一〕，而云「無地起樓臺」，世尚傳其清節。今吾鄉劉文定公，官卿相者三十年，其子今少司馬躍雲繼之，父子服官於朝，至七十年之久，而家無一畝之宫、半頃之地，可云清矣。昨聞少司馬以年過七十，與休歸里，余憂其棲止無地也，先寄以詩曰：『此福真難及，君恩賜鑑湖。乍看抛笏晁，才敢憶蓴鱸。卿相兩傳久，田廬一寸無。誰將去官日，清節繪成圖？』孰謂古今人不相及哉？

〔一〕立，稿本、張本、粤本作『歷』。

三六

吴門汪布衣緄，字墨莊，少工詩，所遇輒不偶，近歲自都中携貴人書謁揚州都轉，都轉甚禮之，復爲友人所讒，卒無所得。寄食於江上舍藩家，江亦赤貧之士也。聞余至揚，偕江來訪，因同至傍花村看菊，坐半，江代吟其少日詩曰：『斟酌橋西舊酒樓，樓中夜夜唱涼州。棗花簾外初圓月，一度銷魂便白頭。』余爲之擊節，以爲不減明張夢晉『高樓明月清歌夜』一絶。明日，因携之謁揚州太守伊君秉綬，屬爲之地，太守亦極賞此詩，酒間，汪又誦其一聯云：『古原牛嗡新生草，小院蜂攢乍放花。』亦南宋詩之佳者。

三七

廬山周圍五百里，界九江、南康、饒州三府境，其雄偉奇秀，非霍山及衡嶽可比。又實居江、漢之衝，不知當時何以不作南嶽？余遊廬山詩有云：『天風一回盪，大氣自蟠礴。南瞻隘衡湘，北望小灊霍。稽首告上真，兹當作南嶽。』非於匡君貢諛，乃紀實耳。

三八

古人之名，有必不可與之争者，即或名槩古人，亦須俟後人論定而軒輊之，當吾身則不可。嘗見岳州岳陽樓詩榜有二：東則孟襄陽，西則杜浣花，餘人不敢參也。前有妄人官是郡者，别作一榜，以己所作與杜、孟鼎足焉。甫去任，人即撤之。此與古人争名之過也。采石太白樓，亦最爲東南勝景，余少時即見神龕旁有杜帖云：『我輩到來惟飲酒，先生在上莫題詩。』三十年復過此，則杜榜易矣。詢之，則近日貲郎守是郡者所爲。吁！可云不自量矣！

三九

桐城潘君恂，宰陽湖日，勤於吏治，每至冬夜三鼓〔一〕，必親巡坊市，稽察非常。余友人楊繼曾自親串家醉歸，適值之，楊本龍城書院肄業諸生，有文譽，潘平時亦賞之，姑貸其過，命作飲酒犯夜賦，以『酒人犯法欲闖城門』爲韻，限辰刻至縣交卷。楊素工帖括，不嫻詞賦，窘極，四鼓走訪余館中，長跽乞憐，余不得已，披衣起，爲代作，破曙甫畢。猶記末一聯云：『倘思玉汝於成，一篇之誥原在；不畏金吾之戒〔二〕，三章之法何存？』潘君極賞之，并贈金以歸。

〔一〕至，稿本、張本、粤本、周本作『值』。
〔二〕畏，稿本作『怕』；戒，稿本作『禁』。

四〇

今關神武廟偏海内，然柱帖絶少佳者。余少時曾代人作二聯云：『一様英雄感騅逝，千秋家國尚鵑啼。』又云：『左傳癖應開杜預，季興功足抵岑彭。』近遊三天洞，道出孫家埠，里人方新神廟，乞作一柱聯長句，余爲題云：『稍緩須臾，匝歲即元稱章武； 庶幾夙夜，一篇亦志在春秋。』

四一

前人詩云：『老健方知妬婦賢。』亦有所本——北史隋獨孤后傳：『后性尤妬忌，崩後，宣華夫人陳氏、容華夫人蔡氏俱有寵，帝頗惑之，由是發疾，至危篤，謂侍者曰：「使皇后在，吾不及此。」』則知妬婦亦有可取者。然若魏孝文幽后、齊馮淑妃等，身不正而復妬，則又獨孤后之罪人矣。

四二

同年李賡芸，字許齋，才學兼茂，以二甲第二人成進士，以爲必預館選。然是科一甲三人皆江南人，故李遂以知縣即用。余送之出都，詩末云：『郎官改祕閣，此例亦有舊。二十有七人，（是科入館者二十七人）〔一〕待子成列宿。』後李以循吏著聲，今見官浙江嘉興府太守〔二〕。而黄主事鉞，遂以能書被薦入懋勤殿，未幾，對品改贊善，擢中允，竟符列宿之數。

〔一〕授本此條原無注語，依稿本、張本、周本補。粤本有注，唯『館』字誤作『官』。

〔二〕『府』字，稿本無。

四三

今世士惟務作詩，而不喜涉學，逮世故日膠，性靈日退，遂皆有『江淹才盡』之誚矣。北齊書孫搴傳：『邢邵嘗謂之曰：「更須讀書。」搴曰：「我精騎三千，足敵君羸卒數萬。」』豈今之不務讀書者，胸次皆有孫搴三千精騎耶？

四四

錢州倅坫，工篆書，然自負不凡，嘗刊一石章云：『斯冰之後，直至小生』。余嘗戲之曰：『是何足道！張景仁淺陋下才，尚作蒼頡以來一人，斯、冰上視蒼公，卑卑不足道耳。』蓋北齊書儒林傳：景仁以侍書致位通顯，遂除侍中，封建安王。故李百藥云：『自蒼頡以來，八體取進，一人而已。』蓋譏之也。

四五

詩除三百篇外，即古詩十九首，亦時有化工之筆，即如『青青河畔草』及『四顧何茫茫，東風摇百草』，後人詠草詩，有能及之者否？次則『池塘生春草』，春草碧色，尚有自然之致。又次則王胄之『春草無人隨意緑』〔二〕，可稱佳句。至唐白傅之『草緑裙腰一道斜』，鄭都官之『香輪莫碾青青草』，則纖巧而俗矣。孰謂詩不以時代降耶？

〔一〕春，稿本作『庭』。按，太平御覽卷五九一引王胄句等，均作『庭』。

四六

詞臣掌誥册，固屬佳選。然亦隨時代爲榮辱。唐賈至世撰傳位册，詞林以爲美談。蜀李昊世修降表，則世以爲口實矣。昊雖才不逮至，然亦可悲其遇也。

四七

袁大令枚詩，有失之淫豔者。然如『春花不紅不如草，少年不美不如老』，亦殊有齊、梁間歌曲遺意。又粵中苗歌云〔一〕：『胡蝶思花不思草，郎思情妹不思家』，詞雖俚而亦有古意，不可以苗歌忽之也〔二〕。

〔一〕粵，授本原作『月』，依稿本、張本、粵本、周本改。

〔二〕也，稿本、張本、粵本、周本無此字。

四八

『人之將死，其言也善。』蓋死生之際，亦天良激發之時。宋陸務觀、近時吴偉業，皆詩中大作家也，陸臨終詩云：『死去應知萬事空，但悲不見九州同。王師北定中原日，家祭無忘告乃翁。』人悲之，人復敬之。吴臨終填賀新涼一闋，其下半闋云：『故人慷慨多奇節。爲當年沉吟不斷，草間偷活。艾灸眉頭瓜噴鼻，此事終當決絶。早患苦重來千疊。脱屣妻孥非易事，便一錢不值何須説！人世事，幾圓缺！』人悲之，人無惜之者。則名義之繫人，豈不重乎！若謝康樂臨命詩：『韓亡子房奮，秦帝魯連耻[一]。本是江海人，忠義動君子。』則非由衷之談，世亦不能爲所欺也。最下則范蔚宗之『雖無嵇生琴，差有夏侯色。』則未死之際，已爲其甥所嘲，益不足言矣。

〔一〕耻，稿本誤作『死』。

四九

余有論詩絶句二十篇，中一首云：『早年壇坫各相期，江左三家識力齊。山下蘼蕪時感泣，息夫人勝夏王姬。』又辛酉年至太倉，過吴祭酒故居一律云：『寂寞城南土一丘[一]，野梅零落水雲愁。生無木石填滄海，死有祠堂傍弇州。同谷七歌才愈老，秣陵一曲淚俱流。興亡忍話前朝事？江總歸來已白頭。』亦悲之也。以江總倣之，才品適合。

〔一〕丘，各刻本作『坵』，依稿本及更生齋集卷四吴梅村祠題壁改。

五〇

西施，古皆以爲吴王美女，獨司馬彪莊子注以爲夏姬。馮夷，古皆以爲河伯，獨彪注述舊説以爲吕公子之妻。狙公，古皆以爲老狙及狙之長者，獨彪注以爲典狙之官。彪，魏、晋間博識大儒，必有所本，非苟爲異説者。

五一

吾鄉雲車，相傳爲隋司徒陳杲仁守城時所製，不知即古雲梯遺制也，墨子：『公輸班爲雲梯』；淮南兵略訓：『攻不待衝隆雲梯而城拔』，高誘注：『雲梯，可依雲而立，所以瞰敵之城中。』今吾鄉雲車〔一〕，高亦與雉堞齊。惟古法以數十人推挽而前，今則以有力者一人肩之，爲不同耳。

〔一〕車，稿本作『梯』。

五二

英雄好色，奸雄反可以不好色。英雄好色者，所謂不修小節，如關長生之欲娶秦宜禄妻，李西平之欲挈西川妓歸，及郭汾陽、韓蘄王、常開平等皆是也〔一〕。奸雄反可以不好色者，蓋别有大志，轉不以聲色爲意，如褚淵遣侍山陰公主，備見逼迫，卒不及亂。相傳明趙文華爲諸生時，館一富家，其夫已殁，妻甚少，慕趙風格，夜半叩門，趙詢知爲主人妻，堅不啓，明早託故辭館出，不與人言也。後淵轉以此爲世主所重，趙亦以此爲里鄗所推。安知二人不即以此爲盗名地耶？若王莽之買婢，詐云贈後將軍朱子元，隋煬之屏斥姬侍，獨與蕭后共處，則又强制之力，不久即敗露也。

〔一〕『也』字，稿本無。

五三

郭象莊子注：『是猶對牛鼓簧耳』，今人云『對牛彈琴』，或本於此。

五四

『亡息肯矜紅粉豔，避秦祗覺白衣尊。』從舅氏蔣侍御和寧少日詠白桃花詩也。『春風似翦頻煩削〔一〕，秋露如珠不敢零。』舅氏詠方竹詩也。均有巧思。

〔一〕煩，授本原作『頻』，依稿本、張本、粵本、周本改。按，湯大奎炙硯瑣談卷中引蔣和寧此句，作『春風似翦頻教削』。

五五

瓜洲東北〔一〕，七十年前又漲一新洲，長廣四十里，土人名翠屏洲。洲上桃花極多，三月中，在焦公山望之，爛若錦繡，故又名桃花洲。王秀才豫，洲上詩人也，曾乞余作桃花洲歌。秀才與阮侍郎元、秦京兆瀛交最密，所著種竹軒詩集，京兆爲之序。

〔一〕洲，授本原作『州』，依稿本、張本、粵本、周本改。

五六

今人以九江郡西琵琶洲，謂得名於白傅爲江州司馬時聽商婦琵琶於此，因號琵琶洲。不知非也。水經注江水下：『江水東逕琵琶山南，山下有琵琶灣。』考其道里，正在潯陽境内〔一〕，則琵琶之名久矣。

〔一〕潯，稿本作『尋』。

卷四

一

詩人不可無品，至大節所在，更不可虧。杜工部、韓吏部、白少傅、司空工部、韓兵部，上矣。李太白之於永王璘，已難爲諱。又次則王摩詰。再次則柳子厚、劉夢得。又次則元微之。最下則鄭廣文。若宋之問、沈佺期，尚不在此數。至王、楊、盧、駱及崔國輔、温飛卿等，不過輕薄之尤，喪檢則有之，失節則未也〔一〕。

〔一〕『則』下，稿本有一『尚』字。

二

昨歲遊廬山，憩於同年九江太守方君體官廨數日，廨後即庾公樓，太守以柱榜見屬，余爲篆一聯云：『半壁江山真劇郡，一樓風月幾傳人。』太守首肯。然頗嫌『劇郡』二字非古，余舉三國志王觀傳示之，（『明帝即位，下詔書使郡縣條爲劇、中、平，時觀爲涿郡守，遂上言以涿郡爲外劇。』）始折服也。唐楊倞荀子注云〔一〕：『劇，囂煩也〔二〕。』是魏時之劇、中、平，即今之衝煩疲難所本。

〔一〕唐楊倞荀子注，稿本作『唐楊倞注荀子』。

〔三〕 煩，稿本作『繁』。據荀子解蔽，當作『煩』。

三

今楷書之勻圓豐滿者，謂之『館閣體』，類皆千手雷同。乾隆中葉後，四庫館開，而其風益盛。然此體唐、宋已有之〔一〕，段成式酉陽雜俎詭習内載有『官楷手書』〔二〕。沈括筆談云：『三館楷書，不可謂不精不麗，求其佳處，到死無一筆』是矣。竊以謂此種楷法，在書手則可，士大夫亦從而傚之，何耶？本朝若沈文恪、姜西溟諸人之在聖祖時，查詹事、汪中允、陳奕禧之在世宗時，張文敏、汪文端之在高宗時，庶幾卓爾不羣矣。至若梁文定、彭文勤之楷法，則又昔人所云『堆墨』書也。

〔一〕 『體』下，稿本有一『蓋』字。

〔二〕 載有，授本訛作『有有』，依稿本、張本、粵本、周本改。

四

本朝册封使至安南、琉球等國，海船中例載漆棺，以備不虞。棺上必釘銀牌十數枚，鐫曰『天使某人之柩』，蓋預防危險時，天使即朝衣冠卧棺内，至船將覆，則棺外已施釘，令其隨流漂没，海船過而見之，或鉤取上船，至内地則告於有司，以還其家。必釘銀牌者，所以犒水手，無此，則恐見亦不撩取也〔一〕。然事亦有所本。宋天聖中，御史知雜事章頻使遼，死於虜中，虜中無棺櫬，轝至范陽方斂。自是遼人常造數漆棺〔二〕，以銀飾之，每有使人入境，則載以隨行，至今爲例。事亦見筆談。

〔一〕也，稿本作『耳』。

〔三〕是，稿本作『後』。

五

昔人笑馮道『忘携兔園册子來』。然兔園册子，畢竟是唐及五代時習尚。若今日之習尚，吾見其龍頭雜事而已矣。又考兔園册子雖不傳，大要是類書之淺近者，雖不及歐陽詢、虞世南、徐堅之詳審〔一〕，要亦其次也。蓋初唐人撰集，定無不舉來歷，尠自作聰明之弊〔二〕，勝今日之錦字箋、廣事類賦遠矣。（唐人及北宋人著書，皆有法度，故白六帖既遠勝孔六帖，廣事類賦去吳淑事類賦則又不可以道里計矣〔三〕。）

〔一〕『不』下，稿本有一『能』字；『堅』下，稿本有一『等』字。

〔二〕尠，稿本、張本、粤本作『及』。

〔三〕『以』字，授本原脱，依稿本、張本、粤本、周本補。

六

唐、宋詩人，永年者殊少。杜甫年五十九。李白年六十餘。王維年六十一。韓愈年五十七。孟浩然傳云：『年四十始遊京師，張九齡、王維雅稱道之。』今考張九齡以開元二十一年十二月作相，王維始從濟州參軍擢右拾遺，是浩然遊京師當在開元二十二年以後，至開元末，浩然已卒，是年亦不出五十。高適傳言五十始爲詩，其卒在永泰元年，年當在七十左右。白居易年七十五。宋歐陽修、王安石、蘇軾皆六十六。至南宋則詩人老壽者多：陸務觀年八十六，楊廷秀年八十三，范成大年七十，尤袤年七十。

七

袁大令枚，自作生輓詩，雖極曠達，然尚不如豸青山人李鍇二語，蓋其胸次之高，悟道之早，又非大令所能及。其句云：『定知無物還天地，何不將身占水雲〔一〕？』

〔一〕何，稿本作『或』。

八

余家藏古鏡極多，海馬蒲桃至十餘面，相傳皆漢時物也。六朝鏡亦四、五，内有二面，形質極薄，而雕鏤甚工，疑皆宫禁中所用殉葬〔一〕。其一背銘云：『天上見長，心思君王。』一背銘云：『久不見，侍前稀，君行卒，我安歸？』篆法工整，語亦悽豔。余在貴州，曾以『天上見長鏡』作消寒會詩題，亦曾以課多士。

〔一〕『用』下，稿本有一『以』字。

九

倪進士模，居望江之大雷岸。余遊匡山回，阻風華陽鎮，因徒步二十里訪之。其讀書草堂距家三里，正面建德諸山，屋旁即雷港也。余以二水山房顔之。草堂後，小閣七間，積書至五萬卷，金石千餘卷。平生嗜古錢，撰泉譜四卷，極爲精審。時阻雨，留三宿乃去〔一〕。談次，出其懷人詩三十首，乞爲點定。詩非所長，蓋學人之餘事耳。

〔一〕三，稿本作「二」。

一〇

趙州師道南，今望江令師範之子也，生有異才，年未三十卒。其遺詩名天愚集，頗有新意。五言如「海霞明雁路，松日淡僧衣」，「一庭如野闊，雙鶴並人長」，均係未經人道者。時趙州有怪鼠，白日入人家，即伏地嘔血死，人染其氣，亦無不立殞者。道南賦鼠死行一篇，奇險怪偉，爲集中之冠。不數日，道南亦即以怪鼠死，奇矣！

一一

九江府署後距城，有樓三楹，人傳爲晉庾亮與殷浩等登眺之所，不知非也。亮鎮荆州時，治所實在今湖北武昌縣，土人名爲小武昌，以别於今武昌府，在江之北，樓正面江，故名南樓。若九江府在江南，有樓面江，乃北樓耳，何得云亮與浩等所登乎？余同年方太守體，以爲亮弟翼鎮江州時所築樓，近之。余有庾樓詩一篇云：「吴楚山川此上游，兹樓剛對武昌樓。南來傑閣推章郡，東下雄藩是石頭。頻歲舳艫趨海道，全家棣蕚領江州。憑闌一望真無際，千點飛帆雜渚鷗。」蓋訂向來之誤也。（文選注以此爲湓口南樓。）

一二

廬山甲於東南，然最勝者則文殊臺之峭，佛手巖之奇，黄龍寺之古樹，開先寺之飛瀑，可稱四絕。

一三

楊兵備煒〔一〕，少余三歲，與其從兄大令倫，皆童年舊交也。以戊戌庶常起家，官至南昌太守。公事去官，復緣衡工例需次道員，今已發廣東，到日即署肇羅道矣。其自嘲一首，余極愛其頸聯云：『舊叨甲第登瀛選，新署頭銜納粟官。』洵紀實也。

〔一〕煒，張本誤作『偉』。

一四

章炯，績溪人，詩酷嗜昌谷，己所作亦有神似者，如：『娉婷鬼女夜行役，漆燈照見雙履跡。土花蝕面不分明，猶帶生前小桃色。』年甫三十卒，信乎其爲『鬼才』也！

一五

江上舍藩，寓居江都，實旌德人也。爲惠定宇徵君再傳弟子，學有師法。作小詩亦工，其過畢弇山宮保墓道詩曰〔一〕：『公本愛才勤説項，我因自好未依劉。』亦隱然自具身分。余識上舍已二十年，惜其爲飢寒所迫，學不能進也。

〔一〕曰，稿本作『云』。

一六

孟東野詩：『出門即有礙，誰謂天地寬〔一〕！』非世路之窄，心地之窄也。即十字而蹋天蹐地之形，已畢露紙上矣。杜牧之詩〔二〕：『蓬蒿三畝居，寬於一天下。』非天下之寬，胸次之寬也。即十字而幕天席地之槩，已畢露紙上矣〔三〕。一號爲『詩囚』，一目爲『詩豪』，有以哉。

〔一〕謂，稿本誤作『爲』。

〔二〕『詩』字，稿本無。

〔三〕已，稿本作『亦』。

一七

『我未成名君未嫁』，同傷淪落也。『爾得老成余白首』，同悲老大也。用意不同，而寄慨則一。

一八

馬融西第頌，陸游南園記，事甚相類。文人稱頌時宰功德，即杜工部、韓吏部亦不免，何況明吴與弼諸人乎！腕可斷，文不可作，真高人一籌者矣。

一九

『粉白黛緑』，古人皆言『粉白黛黑』，楚辭大招：『粉白黛黑，施芳澤只。』〔一〕張揖、郭璞並云〔二〕：『靚，粉白黛黑也。』靚與艶同。玉篇、廣韻並云：『䩄艶，青黑色。』

〔一〕『只』下，稿本有：『戰國策：「粉白黛黑，立於衢閭。」』十一字，各刻本無。

〔二〕云，稿本作『曰』。

二〇

李善文選注，成於唐顯慶三年，而三都賦皆標題云『劉淵林注』，恐係後人追改。蜀都賦注引管子曰：『四民雜處』，即改『民』作『人』，豈其避太宗諱〔一〕，而不避高祖諱者乎？

〔一〕其，稿本作『有』。

二一

黔中田教諭鈞，能詩，嘗記其題桃花源圖一律內頸聯云：『青隴人耕無稅地，紅燈兒讀未燒書。』頗有新意。〔一〕乙卯八月初三日，十三府教官録科到者四人，都匀縣訓導殷象賢，南籠府訓導吴永輔，安順府訓導鄧成洛，平越府訓導冉奇瑜，試以論語題文一首，秋海棠詩八韻，吴永輔、殷象賢詩並可擅場，吳詩云：『無枝憑鳥宿，有葉庇蟲啾。』殷詩云：『浣露香彌潔，經風膩欲流。一枝酣午夢，數朵媚晴秋。』二人皆己酉拔貢生，詩筆清新，亦田教諭之亞也。

〔一〕 按，『乙卯』起，稿本換行另起爲一則，各刻本不另起。

二二

五丈原在郿縣西南，與岐山縣接界，原平如掌。余癸卯歲訪莊大令炘於郿縣，曾騎馬徧歷之。原盡處，有諸葛忠武祠三楹，以漢前將軍關神武配。祠已荒圮，余有長句記游，末云『回風蕭蕭馬蹄起，如掌原平三十里』是也。丙寅三月，余在宣城，忽有主簿郭蘭芬投謁，自云岐山人，并言縣人已重新五丈原諸葛忠武祠，乞作一詩，以刊祠壁。余爲賦一律云：『五丈原高氣杳冥，三分國勢費調停。地形縱復輸中夏，天象居然見大星。丙魏尚慙真宰相，孫曹同媿小朝廷。茫茫川阜仍如昔，渭水蒼涼太乙青。』郭本縣學生，亦頗能詩，惜到任未半歲即卒。

二三

僧果仲詠王昭君詩：『和戎原漢策〔一〕，遣妾亦君情。』論斷平允，可以正前人『漢恩自淺胡自深』諸句之失。

〔一〕 原，稿本作『雖』。

二四

贈人詩，能確切不移，則雖應世之篇，亦即可以傳世。乾隆中，宜興湯侍御先甲，以建言爲上所知，旋即擢鴻臚卿。王太守嵩高，時在揚州安定書院代山長，劉侍講星煒贈詩云：『海内共傳真御史，殿中新拜大鴻臚。』人以爲稱題。乾隆末葉，蒙古伍彌泰以西安將軍入爲協辦大學士，旋即正揆席，孫兵備星衍乞萬進士應馨代作一詩賀之，内云：『唐代中書多節度，漢家丞相即將軍。』伍讀之，亦擊節。憶乙卯冬，余以黔中使竣入都，時畢尚書沅在辰陽籌餉，邀留數日，出其所定靈巖山館集屬題，官移一嶽，即編一集，蓋尚書自陝西、河南擢督湖廣，旋降撫山東，不久仍復舊，尚書一生愛才如命〔一〕，使節所歷，五嶽又皆在部中，故余詩中一聯云：『諸生並致層霄上，五嶽分標各卷中。』前客河南撫署，亦有贈尚書詩曰〔二〕：『管下名山皆有嶽，座中奇士盡談經。』時邵學士晉涵、孫兵備星衍、錢州判坫及余皆在幕中耳。

〔一〕『尚』前，稿本有一『蓋』字。

〔二〕曰，稿本作『云』。

二五

余遊大山〔一〕，日晚薄醉，歷山澗中，忽得一詩云：『朱顔壯士慘西日，白髮女史悲餘春，鬼桃初花怪鴟集，神幄半燼妖狐蹲〔二〕。此時此景不沉醉，豈待三尺蓬蒿墳！』讀之覺有鬼氣，須更以醇酒沃之。

〔一〕 大山，周本、授本作『大別山』，稿本、張本作『大山』，粵本作『太山』，依稿本、張本改。按，洪亮吉更生齋集詩續集卷六有僧果仲邀遊大山、薄晚醉後行山澗中二詩，後首即本條所引，故當作『大山』。

〔二〕 妖，周本、授本作『祅』，依稿本、張本、粵本及洪亮吉薄晚醉後行山澗中改。

二六

李善注思舊賦，引文士傳云：『嵇康臨死，顔色不變，謂兄曰：「向以琴來不？」曰：「已來。」康取調之，爲太平引，曲成，歎息曰：「太平引絶於今日耶？」』又引嵇康別傳曰：『袁尼嘗從吾學廣陵散〔一〕，吾每靳固之〔二〕，不與，廣陵散於今絶矣。』據二書，則太平引、廣陵散當係二曲，康臨刑所彈者太平引，而又憶及廣陵散也。故余詠史詩曰：『交若不擇人，巽穢籍猖獗。太平與廣陵，二曲一時絶。』

〔一〕 袁尼，稿本、張本、粵本作『袁左』，周本、授本作『袁左尼』；按，文選李善單注本如尤袤本、胡克家本卷十六思舊賦下，均作『袁尼』，疑尼、左形近而誤，依稿本、文選改。又，三國志卷二一裴松之注、晉書卷四九均作『袁孝尼』。

〔二〕 靳固，周本、授本作『固靳』，依稿本、張本、粵本及文選注改。

二七

李善注文選，雖止究音訓，然亦間正文義，如江淹恨賦：『或有孤臣危涕，孽子墜心』，善注云：『心當云危，涕當云墜，江氏好奇〔一〕，故互文以見義耳。』然實亦不然，漢書揚雄傳：『猋泣雷厲』，既可云『猋泣』，即可云『危涕』，字書亦云：『猋，疾也。』又昔人云『心膽俱墜』，則『墜心』亦無不可。蓋江氏雖好奇，而亦無礙義訓也。

〔一〕好，稿本作『愛』。按，文選卷十六，原作『愛』，各刻本誤。

二八

王昭君賜單于一事，琴操之言，最得其實。云王昭君者，齊國王襄女也，年十七，獻元帝。會單于遣使請一女子，帝謂後宮欲至單于者起。昭君喟然而歎，越席而起，乃賜單于。是昭君之行，蓋由自請。而西京雜記妄以爲事由毛延壽，説最鄙陋，而世俗信之，何耶？余曾有一絶正之云：『奇童請尺組，奇女請和戎，莫信無稽説，妍媸出畫工。〔一〕』

〔一〕妍媸，授本原作『媸妍』，依稿本、張本、粵本、周本及洪亮吉更生齋集詩續集卷六詠史十二首（其十一）改。

二九

莊刺史炘，余僚壻也，長余十歲，壬辰夏，始訂交於寧國試院之青雲樓。刺史博學能文，生平慕王深寧品學，輯其遺文，多至數卷，亦可見其勤矣。尤篤於友誼，余遣戍道出邠州，刺史正官其地，固留二日，瀕行稱貸贈贐。余到戍百日，曾兩得刺史書，以文與可戒蘇和仲詩相勗，所謂『北客若來休問訊，西湖雖好莫題詩』是也。余至今感之。今歲客宛陵，偶登祐聖閣，望青雲樓，有懷刺史一律云：『五千里外談遊跡，三十年來歎離羣。』即指訂交之始言之。

三〇

余在黔中，與彭廷棟、花連布兩軍門交最厚，後二君皆進勦銅仁苗匪〔一〕，先後死國事。彭死正大營〔二〕，而花之死尤烈，其諭祭碑文，余在翰林時所製，叙死節事頗詳，亦藉以報知己也。平時飲量尤洪，至數斗不亂。在軍營時，余曾作平苗凱歌十章〔三〕，寄福文襄相國〔四〕，内一首云：『出險方看建鼓旗，居然絳灌列偏裨。前軍早報花連布，已解長圍入永綏。』其才勇可知。

〔一〕『皆』下，稿本有一『以』字。

〔二〕『死』下，稿本有一『于』字。

〔三〕作，稿本作『爲』。

〔四〕福文襄，稿本作『福康安』。

三一

唐韓翃詩：『日暮漢宮傳蠟燭』，然燭之用蠟，究不知起於何時？楚辭云：『蘭膏明燭，華容備些〔一〕。』文子曰：『膏燭以明自銷。』史記曰：『始皇冢中，以人魚膏爲燭。』是古燭炬之外〔二〕，或亦以膏爲之，亦稱爲脂燭是矣。桓譚新論：『燈中脂炷，燋秃將滅。』徐廣曰：『人魚似鮎，四足。』正義引異物志云〔三〕：『人魚似人形，長尺餘，始皇冢中以人魚膏爲燭，即此。』大抵古人之燭，或用麻，或用木蓼，或用胡麻，或用脂膏，並無所謂蠟燭。潛夫論遏利篇始有『脂蠟明燈』之語〔四〕。三國以後，方屢見於書。晉書及世說：石崇及石季龍皆以蠟燭炊。又晉書周顗傳：顗弟嵩以蠟燭投顗。後魏書：世祖南伐，劉義恭獻蠟燭至。齊、梁間並有詠蠟燭詩〔五〕。合此數事觀之，蠟燭容起於東漢以後。詩人之詩，固不必責以考據也。説文亦無『蠟』字。玉篇、廣韻：『蠟，蜜滓也。』西京雜記雖有閩越王獻高帝蜜燭事，然雜記所言，本非可據。又按南粤王趙佗傳，祇言獻『桂蠹一器』，應劭注云：『桂蠹中蝎蟲也。』桂蠹係可食之物，故小顏云：『此蟲食桂〔六〕，故味辛，而漬之以蜜食之。』西京雜記之蜜燭，蓋因桂蠹而附會耳。然亦可知蠟燭之制，必起於粤中〔七〕，以其地有蜜滓也。

〔一〕『些』字，稿本、張本、粤本脱。

〔二〕『古』下，稿本有一『人』字。

〔三〕『云』字，稿本無。

〔四〕『語』下，稿本有『亦不專指燭』五字。

〔五〕『間』下，稿本有『王筠』二字。

〔六〕桂，稿本誤作『料』，各刻本誤作『蓼』，依漢書卷九五西南夷兩粤朝鮮傳顏師古注及前後文改。

〔七〕粤，稿本誤作『越』。

三二

鍾會遺榮賦、潘岳閒居賦，似乎能不汲汲於仕宦矣；然實皆中躁而外恬，心競而迹讓，非僅不能欺人，亦並不能自欺也。

三三

『采菊東籬下，悠然見南山。』忘世之侶，其天機活潑如此，即陳風詩人『衡門之下，可以棲遲』之遺意也。『南登霸陵岸，回首望長安。』憫時之儔，其情致纏綿若此，即周南詩人『陟彼高岡，我馬玄黄』之遺意也。余故謂魏、晉人詩，去三百篇未遠。

三四

牛、女七月七夕相會，雖始見於風俗通，至曹植九詠注，始明言牽牛爲夫，織女爲婦。自此以後，遂皆以爲口實矣。近時沈文慤德潛七夕感事一篇，極自然、亦極大方，其一聯云：『只有生離無死别，果然天上勝人間。』蓋沈時悼亡期近故也。近時七夕詩，遂無有過此者。即沈全集中詩，亦無過此二語者。

三五

今人云：凡食鼈者，不得復食莧。蓋莧能生鼈，二者同食，恐於腹中生蟲耳。古食禁方即有之，淮南萬畢術亦云〔一〕：『青泥殺鼈，得莧復生』可證。又萬畢術云：『燒黿致鼈』，許慎注云：『取黿燒之，鼈自至。』試之亦殊驗。

〔一〕 萬畢，各刻本誤乙作『畢萬』，依稿本乙正。下同。

三六

余友黄文學肇書，平生事事謹飭，即作家書寄兒子，亦必閉門具草，竟日方竣。其生徒常笑之。然作家書本最難，魏文帝典論，亦引里語曰：『汝無自譽！觀汝作家書。』余嘗以此觀親戚朋友〔一〕，其家書之簡浄明晰、詞約而理足者，必善爲文者也。

〔一〕 朋友，稿本、張本、周本作『友朋』。

三七

詩各有所長，即唐、宋大家，亦不能諸體並美。每見今之工律詩者，必强爲歌行古詩以掩其短；其工古體者，亦然。是謂舍其所長，用其所短。心未嘗不欲突過名家、大家，而卒至於不能成家者，此也。

三八

高青丘詩，高華而未沉實，則年限之也。李空同詩，蒼莽而未變化，則意氣之虚憍害之也。大抵兩家詩不可以觀全集，唯膾炙人口者佳耳。

三九

詩人所遊覽之地，與詩境相肖者，惟大、小謝。温、台諸山，雄奇深厚，大謝詩境似之。宣、歙諸山，清遠綿渺，小謝詩境似之。

四〇

遊山詩，能以一二句檃括一山者最寡。孟東野南山詩云：『南山塞天地，日月石上生。』可云善狀終南山矣。近日畢尚書沅登華山云：『三峰三霄通，一嶽一石作。』余丙午歲遊嵩高山云：『四面各萬里，兹山天當中。』或庶幾可步武東野。

四一

顧寧人詩，有金石氣。吴野人詩，有薑桂氣。同時名輩雖多，皆未能臻此境也。

四二

王文簡之學古人也，略得其神，而不能遺貌。沈文慤之學古人也，全師其貌，而先已遺神。

四三

用前人名句入詩，仿於元遺山〔一〕，而成於王文簡。然必不得已則用其全句，可也。若王文簡用杜詩『意象慘淡經營中』，而必改末一字爲『成』字，非湊韻，則直欲掩其迹耳。點金成鐵，其能爲文簡解乎！

〔一〕仿，粤本作『昉』。

四四

詩可以作，可以不作，則不作可也。陸劍南六十年間萬首詩，吾以爲貽誤後人不少〔一〕。

〔一〕吾，稿本、張本、粤本、周本無此字。

四五

吾鄉『六逸』詩，惟楊起文宗發天分最高，故所爲詩，亦度越流輩。録其春日飲友人花下云：『桃花已紅顔〔一〕，李花已白首。鮑家復值湯惠休，千載風流一杯酒。緑烟滿堂吹不開，明月欲去花徘徊。人間到底不能别，除是襄陽醉裏回。』無意學太白，而神致似之。

〔一〕已，稿本、張本、粤本、周本作『始』。

四六

『言爲心聲』，固也。然必謂製危苦之詞者，所遇必窘阨，作吉祥之語者，處境必豐腴，則亦不然。吾鄉楊孝廉印曾及猶子上舍敦復，一生喜作金華殿中語，然孝廉一第後，即客死於外，上舍則垂老不遇，並不免飢寒；則又事之不可解者。

四七

劉明經大猷，工制舉業，窮老不遇而卒，人不知其能詩也。嘗讀其臨安懷古二十截句，多未經人道語，如岳忠武墓云：『地下若逢于少保，南朝天子竟生還。』可云警策。

四八

凡作一事，古人皆務實，今人皆務名〔一〕。即如繪畫家，唐以前無不繪故事，所以著勸懲而昭美惡，意至善也。自董、巨、荆、關出，而始以山水爲工矣。降至倪、黄，而並以筆墨超脱，擺脱畦徑爲工矣。求其能繪故事者，十不得三四也。而人又皆鄙之，以爲不能與工山水者並論。豈非久久而離其宗乎？即詩何獨不然！魏、晉以前，除友朋答贈〔二〕，山水眺遊外，亦皆喜詠事實，如古詩爲焦仲卿妻作以迄諸葛亮梁父吟、曹植三良詩等是矣。至唐以後，而始有偶成、漫興之詩〔三〕，連篇接牘，有至累十累百不止者，此與繪事家之工山水何異？縱極天下之工，能借之以垂勸戒否耶〔四〕？是則觀於詩、畫兩門，而古今之升降可知矣〔五〕。

〔一〕今，稿本作「後」。
〔二〕答贈，稿本、張本、粤本作「贈答」。
〔三〕輿，周本作「與」。
〔四〕戒，稿本作「誡」。
〔五〕矣，稿本作「已」。

四九

錢閣學載詠丁香詩云：「曉風纓絡索垂地〔一〕，細雨玲瓏玉倚天〔二〕。」頗極體物之工。

〔一〕垂，稿本作「墮」。
〔二〕玲瓏玉，稿本、張本、粤本誤作「玉玲瓏」。

五〇

詠物詩有實賦者，近人詠臙脂云：「南朝有井君王入，北地無山婦女愁」等是也。有虚摩者，全椒張明經龍光應試詠艾人云：「抱病七年嘗憶爾，多情五日又逢君」等皆是。

五一

或曰：今之稱詩者衆矣，當具何手眼觀之？余曰：除二種詩不看，詩即少矣。假王、孟詩不看，假蘇詩不看是也。何則？今之心地明了而邊幅稍狹者，必學假王、孟；質性開敏而才氣稍裕者，必學假蘇詩。若言詩能不犯此二者，則必另具手眼，自寫性情矣。是又余所急欲觀者也。

五二

詩有俚語而可傳者，江寧燕秀才山南句云：『神仙怪底飛行速，天上程途不拐彎。』思之却有至理。

五三

嚴侍讀長明詩致清遠，善能借古人意境轉進一層，記其在秦中消寒四集同詠蠟梅句云：『幾時過小雪，一樹恰斜陽〔一〕。』可云工巧。然生平不能造意、造句，是以尚難方駕古人。

〔一〕恰，稿本作『却』。

五四

吾友孫君星衍，工六書篆籀之學，其爲詩似青蓮、昌谷，亦足絶人。然性情甚僻，其客陝西巡撫畢公使署也，嘗眷一伶郭芍藥者〔一〕，固留之宿，至夜半，伶忽啼泣求歸，時戟轅已鎖，孫不得已，接長梯百尺，自高垣度過之〔二〕，爲邏者所獲，白於節使，節使詢知其故，急命釋之，若惟恐孫之知也。後酒間淩肆益甚，同幕者不勝其忿，爲公檄逐之。檄中有『目無前輩，淩轢同人』諸語，節使見而手裂之，更延孫別館，有加禮焉。時程編修晉芳，以貧病乞假詣西安，節使虚上室迎之，未數日即病，節使率姬侍爲料理湯藥，不歸寢者旬日。及卒，凡附身附棺之具，節使及余輩皆躬親之，不假手僕隸也。一日兩舉哀，官吏來弔者，竟忘程爲客死矣。櫬歸日，復以三千金恤其遺孤。時言舍人朝標投節使一詩曰：『任昉全家欣有託，禰衡一箇儘容狂。』洵實録也。孫後以乾隆丁未第二人及第，自編修改部，今官山東督糧道。

〔一〕芍，稿本寫作『勺』。

〔二〕過，稿本、張本、粵本作『出』。

五五

謝玄暉有之宣城出新林浦向板橋詩〔一〕，宣城圖經及方志、藝文載此詩，土人遂以今城東十里新林浦板橋當之，不知非也。景定建康志：『板橋在江寧縣城南三十里，新林橋在城西南十五里。』金陵故事：『晉伐吴，丞相張悌死之。悌家在板橋西。』揚州記：『金陵南沿江有新林橋，即梁武帝敗齊師之處。』新林、板橋皆沿江津渡之所，玄暉自都下赴宣城，故先經新林，後向板橋也。詩首二句即云：『江路西南永，歸流東北騖』是矣〔二〕。若今宣城東新林浦板橋〔三〕，距江甚遠，何得云『天際歸舟』『雲中江樹』乎？圖經、方志誤認『之宣城』三字，即以爲二地皆在宣城，非也。李太白詩：『獨酌板橋浦，古人誰可徵？玄暉難再得，灑酒氣填膺。』即指謝此詩而言。

〔一〕『板』及下文『悌家在板橋西』之『板』，稿本寫作『版』。

〔二〕鶩，稿本誤作「鶩」。

〔三〕「宣城」下，稿本有一「縣」字。

五六

揚州舊城有文選樓，土人相傳，以爲梁昭明撰文選之處。不知非也。昭明未嘗至揚州，蓋實隋曹憲注文選之樓。李善即憲弟子，亦州人也。余曾有詩正之曰：「隋唐開選學，曹李足名家。一代人材盛，兹樓歲月賒。户通金屈戍，城傍玉鈎斜。借問今時彦：何人擅五車？」

卷　五

一

李太白詩，不特天才卓越，即引用故實，亦皆領異標新，如『蓬萊文章建安骨』。後漢書竇章傳：『是時學者稱東觀爲老氏藏室，道家蓬萊山，鄧康遂薦章入東觀爲校書郎。』是白所言『蓬萊文章』，即東觀文章也。俠客行『鄲邯先震驚』，邯鄲古未有倒言『鄲邯』者，然張晏漢書注〔一〕：『邯山在邯鄲縣東城下。單，盡也。』是『鄲邯先震驚』爲盡邯山之地皆震驚耳。白詩不肯作常語如此。他若行路難、上雲樂等樂府，皆非讀破萬卷者，不能爲也。

〔一〕晏，授本原作『宴』，依粵本及漢書顏師古注引張晏語改。

二

乾隆中葉以後，士大夫之詩，世共推袁、王、蔣、趙矣。然其詩雖各有所長，亦各有流弊。好之者或謂突過前哲，而不滿之者又皆退有後言。平心論之，四家之傳，及傳之久與否，亦均未可定。若不屑於傳與不傳，而決其必可不朽者，其爲錢、施、錢、任乎。宗伯載之詩精深，太僕朝幹之詩古茂〔二〕，通副澧之詩高超，侍御大椿之詩淒麗，其故當又求之於性情、學識、品格之間，非可以一篇一句之工拙定論也。

今四家俱在，試合袁、蔣等四家並觀之，吾知必有以鄙言爲然者矣。太僕詩，以四言、五言爲最，次則歌行，即近體亦別出杼軸，迥不猶人。讀其詩可以知其品也。五言哭亡婦云：『白水貧家味，紅羅舊日衣。』七言志感云：『委蛇歲月羞言禄，寂寞功名稱不才。』何婉而多風若此！侍御於三禮最深，所著深衣考等，禮家皆奉爲矩度。故其詩亦長於考證，集中金石及題畫諸長篇是也。然終不以學問掩其性情，故詩人、學人，可以並擅其美。猶記其送友一聯云：『無言便是別時淚，小坐强於去後書。』情至之語，余時時喜誦之。

〔一〕 幹，粤本、周本作『幹』。

三

本朝文教覃敷，即異域人，亦皆工於聲律。余嘗見滇中土司李鴻齡詩，幾欲俯首至地。鴻齡雖寄居蒙自，實緬甸國人。五言歌行，實有奇趣，近體則倜儻風流，幾欲合方城、玉谿爲一手，與粤東之黎洵可稱勁敵。誰謂九州之外、六經之表，無奇傑偶偉之士乎〔一〕？

〔一〕 傑，粤本作『桀』。

四

余嘗讀魏書崔浩傳，而歎其學識迥非代、朔諸臣所能冀及。然至於殊死者，史家以爲非毁佛法所致，豈其然哉？蓋其人事事欲見己之長，遂事事欲形人之短耳〔一〕。其論王猛、慕容恪、劉裕，可云當矣，余則以此論浩〔二〕，曰：『若崔浩之達識，魏太武之荀彧也。以浩觀之，而高允爲不可及矣。』余嘗有詠史樂府論浩、允云：『臣才區區勞獎識，清河司徒臣不及。』蓋謂此也。

〔一〕欲，粵本作『若』。
〔二〕則，粵本作『即』。

五

近時詩之能學盧玉川者，無過江寧周幔亭，有詠僕夢魘詩云：『被我一聲喲，跌碎夢滿地。』可謂奇而入理矣。次則上虞張上舍鳳翔，其詠西瓜燈云：『藍團盧杞臉，醉劂月支頭。』

六

杜工部詩：『赤岸水與銀河通』，前人即以在今江寧六合縣者當之。郭璞江賦所云『鼓洪濤於赤岸』，李善文選注：『赤岸在廣陵輿縣』是也。余以爲雖詩人放筆所及，固不可以道里繩之，然地勢畢竟太迴遠。水經注河水下引孝經援神契曰：『河者，上應天漢。』西京雜記亦有『河水上通天河』之說。則此赤岸當以在黄河者爲是。今考水經注：『大河又東逕赤岸北，即河夾岸。』下引秦州記：『枹罕有河夾岸，岸廣四十丈』云云，是赤岸在枹罕縣矣。上距河源甚近，當即工部詩所云『與銀河通』者也。

七

詩奇而入理，乃謂之奇。若奇而不入理，非奇也。盧玉川、李昌谷之詩，可云奇而不入理者矣。詩之奇而入理者，其惟岑嘉州乎！如遊終南山詩：『雷聲傍太白，雨在八九峰。東望紫閣雲，西入白閣松。』余嘗以乙巳春夏之際，獨遊南山紫、白二閣，遇急雨，回憩草堂寺，時原空如沸，山勢欲頹，急雨劈門，怒雷奔谷，而後知岑之詩奇矣。又嘗以己未冬杪，謫戍出關，祁連雪山，日在馬首，又晝夜行戈壁中，沙石嚇人，没及髁膝，而後知岑詩『一川碎石大如斗，隨風滿地石亂走』之奇而實確也。大抵讀古人之詩，又必身親其地，身歷其險，而後知心驚魄動者，實由於耳聞目見得之，非妄語也。

八

北史盧思道傳：『年十六，中山劉松爲人作碑銘，以示思道，思道讀之，多所不解，乃感激讀書，師事河間邢子才。後復爲文示松，松不能甚解。乃喟然歎曰：「學之有益，豈徒然哉！」』余嘗有詩曰：『劉松製碑銘，思道難了了。思道既讀書，爲文松不曉。信知學益人，飢者待之飽。明明愚與智，一日互顛倒。詞章尚如此，何況窮理道！百事且勿營，扃門讀書蚤。』觀思道之言〔一〕，而益知孫搴之妄矣。（李謐傳：『少師事孔璠，數年後，璠還就謐請業。』與此同。）

〔一〕『觀』上，粤本、周本有一『蓋』字。

九

體物之工，後人有未及前人者〔一〕。即如漢、唐以來，詠蘭詩亦至多矣，而楚辭九歌以二語括之，曰『緑葉兮素枝，芳菲菲兮襲予。』祇八字而色、香、味並到。詠橘詩亦多矣，而九章之橘頌，以十四字括之，曰『曾枝剡棘，圓果摶兮！青黄雜糅，文章爛兮！』祇四語而枝、葉、蒂、幹、花、實、形狀、采色並出。後人從何處著筆耶？

〔一〕有未，粤本作『未有』。

一〇

唐書白居易傳：『嘗與胡杲、吉旼、鄭據、劉真、盧貞、張渾、狄兼謨、盧貞燕集〔一〕，皆高年不仕者，人慕之，繪爲九老圖。』按，居易集中，亦歷述九人官爵、里居、姓字，以年齒爲序，蓋事實仿於後魏中書令高允之徵士頌，歷載中書侍郎固安侯范陽盧玄子真等三十四人而各係以頌，其前後當亦以年爲次。吾鄉莊氏南華九老會，其附入者，又二十一人。石門君之孫徵君宇逵，亦各爲頌以繫之，亦仿允之例也。余曾爲作序，見集中。

〔一〕旼，粤本及新唐書卷一一九作『旼』；貞，粤本及新唐書作『真』。按，白居易集中，作『吉皎』『盧貞』，與新唐書有異文。

一一

杜工部之在嚴鄭公幕府也，所作詩與鄭公不同。杜牧之之在牛奇章幕府也，所作詩與奇章公不同。歐陽文忠公之在錢思公幕府也，思公學『西崑』，而文忠則學杜。陸渭南之在范石湖幕府也，石湖主清新，而渭南則主沉鬱。故能各自名家，并拔戟自成一隊。即明沈明臣、徐渭之在胡梅林幕府，梅林雖不作詩，然二君亦皆能各極所長。雖督府嚴重，尚各有脱略儀檢，不可一世之槩。惟吾鄉邵山人長蘅，初所作詩，既描摩盛唐，苦無獨到，及一入宋商丘幕府，則又亦步亦趨，不能守其故我矣。人或以其名重，尚豔而稱之。吾以爲其品既不及前脩，則其詩亦更容論定也。

一二

唐杜光庭爲道士撰集諸道經，多以己説參之，俗語稱『杜撰』，或以爲即始於此，非也。顔氏家訓雜蓺篇：『江南閭里間，有畫書賦，乃陶隱居弟子杜道士所爲，其人未甚識字，輕爲軌則，託名貴師，世俗傳信，後生頗爲所誤。』考林罕字源偏旁小説序：『又作隸書賦云，假託許慎，頗乖經據。實則陶先生弟子杜道士所爲，大誤時俗。吾家子孫，不得收寫』云云。余意『杜撰』二字，蓋出於此。然兩人皆姓杜，又同爲道士，又皆工作僞，可怪也。余嘗有消夏十絶，其一云：『有鵝欲换書，寧取羲之媚？不學兩道流，後先工作僞。』

一三

岳陽樓望洞庭湖詩，少陵一篇尚矣。次則劉長卿『疊浪浮元氣，中流没太陽。』余以爲在孟襄陽『氣蒸雲夢澤，波撼岳陽城』二語之上，通首亦較孟詩遒勁。

一四

余昨過錢清鎮，有閩閣詩人孫秀芬〔一〕，欲執贄門下，余婉辭卻之。然閱其所作中有詠夕陽一律，其頸聯云：『流水杳然去，亂山相向愁。』居然唐賢興到之作。余歎賞久之，以爲可以配『王曉月』也。

〔一〕『秀芬』二字，授本原作雙行小注，粤本、周本均闕名，作一空字。

一五

高麗使臣朴齊家，工詩及畫。其入貢也，慕中國士大夫每有一面輒作見懷詩一章，多至五十餘首，可謂好事矣。按，『朴』本吴越著姓。東國通鑑云：『新羅景明王七年，吴越國文士朴嚴投高麗〔一〕，爲春部少卿。』吴任臣十國春秋吴越武肅王世家亦云：『天寶十六年，我國文士。』朴巖之裔，自唐末至今已八九百年，尚爲其國文學侍從之臣，世澤可云長矣。

〔一〕按，十國春秋、五代史記等，嚴作『巖』。

一六

文宋瑞有己卯十月一日至燕詩：『黄粱得失俱成幻，五十年前元未生。』蓋是時信國正五十也。與阿文成五十自壽詩『四十九年前一日，世間原未有斯人』，二公之詩，不謀適合。均不愧英奇本色。

一七

李昌谷『酒酣喝月使倒行』，語奇矣，而理解不足。若宋遺民鄭所南『翻海洗青天』句，則語至奇而理亦至足，遂爲古今奇語之冠。

一八

陳明經增，海寧人，束髮即有詩名。然屢試不第，人以『三十老明經』目之。余識之於江陰官廨，出近作就正，因决其必當遠到。其詩尤工七言，如雜興云：『未開桃李村無色，來話桑麻客有情。』齋居云：『騎月雨從春後積，出山雲在樹頭濃。』閨意云：『紅樓日晚愁多少！翠被春寒夢有無？』牡丹云：『一尺梳鬟争玉面，千金論價買春風。』其詩箴十六篇，學司空表聖體，亦有新意。

一九

年家子管學洛，工制舉業，四十不售，遂入貲爲郎。然詩與詞皆工，實爲後來之秀。記其雨中牡丹四絶末一首云：『小窗燈影照無眠，簷漏聲聲欲曙天。更比落紅還可惜，倚闌人不似當年。』可云丰神絶世。其賀新涼詞中數語云：『恨不奮身千載上，趁古人未説吾先説。』亦有新意。

二〇

唐有兩李龜年。一在僖宗時，見五代史南詔蠻下，云『僖宗幸蜀，募能使南詔者，得宗室子李龜年』云云。是李龜年又唐之宗室也。

二一

詩之遇合，有得之於柱帖者。吾鄉錢侍講名世，未遇時，留滯京邸，歲除，幾無以爲生，時新城王文簡官刑部尚書，素好士，錢不得已，以春帖子干之云：『尚書天北斗，司寇魯東家。』文簡大契之，周卹甚至，并爲延譽。錢不久遂登上第。

二二

乾隆間，丹徒鮑山人皋，旅客維揚，時博陵尹少宰會一以前巡撫視鹺邗上，方抵任，商人凂山人爲聽事柱聯，山人書十六字云：『淮海維揚，貢金三品。文武吉甫，爲憲萬邦。』少宰一見，賞歎欲絶，知爲山人所作，遂延入爲上客。山人一生温飽，皆十六字之力也。

二三

徐凝廬山瀑布詩：『終古長如匹練飛，一條界破青山色。』東坡以爲惡詩，是矣。然東坡詩如『嶺上晴雲披絮帽〔一〕，樹頭曉日挂銅鉦』諸聯，獨非惡詩乎？且非獨此也，銅鉦又屬凑韻。嘗有友人子以詩見示，筆甚清脆，卷中忽以銅鉦二字代曉日，予曾諭之曰：『東坡此種，最不可學，今用庚字韻，故曰銅鉦；若元字韻，則必曰銅盆；寒字韻，則必曰銅盤；歌字韻，則必曰銅鍋矣。』坐客皆失笑。韓退之『縞帶銀杯』，亦同此類。

〔一〕披，授本原作『破』，依粤本、周本及蘇軾新城道中二首（其一）改。

二四

里中楊氏，自前明至國朝，科第不絶。土人傳爲『旗竿里楊氏』是也。其子弟會文之所曰騰光館，饒有泉石之勝。凡外人預斯會，得隽者又數十人。余童年亦預焉。然楊氏子弟工制藝者極多，若以詩名者，惟上舍元錫爲最。所著有攬輝閣集，歌行尤擅場，五、七言律詩亦豪宕自喜，五言如『狂名千載後，心事一杯中』；『幾人能小住，終歲爲誰忙？』『萬瓦露華白，一窗燈影紅』；七言如『論才直欲兒文舉，罵坐猶能弟灌夫』；『雲泥可隔交終淺，蕉鹿相尋夢或真』；屋漏墻圮云：『難使壁如司馬立，竟無垣與段干踰』，皆戛戛獨造，非尋行數墨者所能到也。

二五

秋試揭曉，順天、江南類皆在重九前後。揚州中副憲𤅢，官京師日，重九日同人集墨窰廠登高賦詩云：『古來重九西風冷，明日長安落葉多。』蓋是年以初十日揭曉也。人傳誦以爲工。今歲余偶在里中，重九前同人日日讌集，聞江寧當以初七日揭曉，亦賦一詩云：『回風已墮千林葉，冒雨誰登九日樓？』皆借落葉以喻報罷之人。惟此回揭曉，在重九前，情事又不同耳。

二六

余督學貴州日，曾兩值鄉試，甲寅、乙卯是也。先期即拔取十三府諸生之能文者，聚貴山書院中。院中生徒有額缺，余捐廉俸，爲廣額數十名。科歲兩試，皆先期於五月前抵省。五月一日試諸生，頭場準例四書文三首，詩八韻，以一日夜爲限，二、三場亦然。余亦宿書院中，俟諸生交卷畢始歸。六月一日，則試二場。七月一日，則試三場。時總憲馮公光熊，方撫黔中，與余尤相契，每書院扃試日，亦分派文武員弁巡邏，以防傳遞。余又苦黔中無書，先令人於江、浙購買十四經、二十二史、資治通鑑、通典、通考以及文選、文苑英華、玉海等書，貯書院中，令諸生尋誦博覽。試三場日，并明諭諸生曰：『所問策皆在此數部中。諸生能各尋原委，條析以對，即屬佳士。不必束書不觀也。』後張吉士本枝、胡吏部萬青等會試皆以對策獲雋，即其效矣。貴州中額祇四十名，甲寅科肄業書院者中至二十四名，乙卯科復中至二十七名，可云多矣。任滿日，督撫例以學臣賢否具摺入奏，時督臣爲大學士福康安，撫臣即總憲，即以此具奏，爲學臣課士之效。丙辰召見時，復蒙純皇帝垂詢及之，亦異數也。試後，余輒令院中生徒，録闈藝送署中，爲決去取，頗復不爽。乙卯歲，銅仁苗匪滋事，督、撫並在軍營代辦，監臨者爲鍾祥賀方伯長庚，是科余決院中生徒中式者當有八人，填榜日自第六名起，至四十名止，所擬者僅得五人。方伯好立異同，不待填榜，竟即笑向余曰：『使者此次決科，當有一二名遺漏矣。』余亦笑應之曰：『且待填畢再議。』及書五魁竟，則黄生鶴魁多士，張生本枝第二，胡生萬青第四，八人者竟無一不售。方伯忽大驚曰：『何術之神若此？』余曰：『此易曉耳！順天、江、浙大省，積卷至萬餘，可中可不中之卷又多，故難預定。若貴州則入試者僅三千人，其科歲試皆在三名以前者，平日能文可知。所懼者八韻詩、五道策，或擡頭不諳禁例，及有平仄失粘等病耳。余皆束之於書院中，一月數課，課藝成，皆面指其得失。則以上諸病，漸可以除。闈藝又復過人，寧有不售之理耶？』諸公皆悦服而散。

二七

古詩『青青河畔草』一篇，連用叠字，蓋本於離騷九章之悲回風。

二八

離騷以後，學騷者宋玉、賈誼、東方朔、嚴忌、王褒、劉向、王逸等若干人，而皆不及騷，以絶調難學也。陶淵明以後，學陶者韋應物、柳宗元以迄蘇軾、陳無己等若干人，而皆不及陶，亦以絶調難學也。庾信哀江南賦，無意學騷，亦無一類騷，而轉似騷。王維、裴迪輞川諸作，元結舂陵篇及浯溪等詩，無意學陶，亦無一類陶，而轉似陶。則又當於神明中求之耳。

二九

説苑：『鄂君乘青翰之舟，下鄂渚，浮洞庭，榜人擁楫而歌，鄂君舉繡被而覆之』云云。此鄂君當亦以封於鄂得名。按史記楚世家：『熊渠伐庸、揚粵，至於鄂，乃立其中子紅爲鄂王。』世家蓋據世本，是鄂之名已久。即楚辭『乘鄂渚而反顧』，亦當在鄂君之前。而地理書乃云鄂渚以鄂君得名，其誤已不足辯矣。余戊辰年江行，曾有一絶正之曰：『楚詞鄂渚由來舊，轉説嘉名肇鄂君。一等荒唐不須述，朝爲行雨暮行雲。』

三〇

江夏縣有邵陵王廟，祀梁邵陵王綸，香火尚盛。余亦以詩正之云：『一間茅屋荆昭廟，卻有層臺祀此王。不敢更將碑石讀，傷心韋粲死青塘。』

三一

自黄州至漢陽，江岸南北，名山極多。然山名大半起唐、宋時，非禹貢山川及漢書地理志等之舊也。如大別、小别等山，誤始於唐李吉甫；内方山、壺頭山、烏林峰等〔一〕，誤始於宋樂史；漢川之赤壁山，誤亦始於吉甫；黄岡縣之赤壁山，本名赤鼻山，誤始於宋蘇軾。他若武昌縣亦有西塞山，通城縣有雞籠山，皆非舊地。蓋辯之不勝辯矣。大别、小别等考，在文集中。江行抵黄州，亦有一絶云：『坡老尚難知赤壁，路人更莫指烏林。惟餘鮑照書臺在，風月千年是賞心。』蓋謂此也。

〔一〕林，周本、授本原作『陵』，依粵本及樂史太平寰宇記卷一三一『漢陽軍』下『烏林峰』條改。

三二

劉長卿，開、寶進士，全唐詩編在李、杜以前，蓋計其年代，實與王、孟同時。然詩體格既殊，用意亦迥别。前人以長卿冠『大曆十子』，蓋以詩境而論。實異於開、寶諸公耳。即如同一謫官也，摩詰則云：『執政方持法，明君無此心。』不特善則歸君，亦可云婉而多風矣。若文房之將赴嶺外留題蕭寺遠公院則直云：『此去播遷明主意，白雲何事欲相留？』殊傷於婞直也。孟浩然之『不才明主棄』，亦同此病，宜其見斥於盛世哉。劉、孟之不及王，亦以此。

三三

有心作衰颯之詩，白香山是也。如『行年三十九，歲暮日斜時』，夫年始『三十九』，何便至『歲暮日斜』？此有心作衰颯之詩也。若無心作衰颯之詩，則亦非佳兆，如顧況之『老夫年七十，不作多時别』；柳宗元之『從此憂來非一事，豈容華髮待流年』等詩是矣。余友黄君仲則，方盛年，忽作一詩云：『茫茫來日愁如海，寄語羲和快著鞭。』余竊憂之。果及中歲而卒。余六十後，忽以不得已事，重赴漢江，將歸，同人餞於黄鶴樓江岸，以爲不更能作楚游矣。余故反其意，作留别一首云：『未覺山公興便頹，殘年短景苦相催。瀕行不與仙人别，此世偏應一再來。』或亦自相慰藉之語耳。

三四

武昌魚雖多，而味稍薄。即以鱘黄魚而論，産關以東者爲最，次則東南沿海。若武昌所産，則味鮮而實薄矣。惟槎頭縮項鯿及鱖花，則洞庭湖者爲最，其次則武昌、黄州一帶江水中。余自九江泝流至漢陽，日市此二魚自給，飽飯後，輒誦唐張志和『西塞山前白鷺飛，桃花流水鱖魚肥』一詞，爲之神往。

三五

唐崔塗詩：『曹瞞尚不能容物，黄祖何因解愛才？』前人每以此二語爲禰正平一生定論矣，殊不知非也。知正平者，孔北海以外，惟祖一人，觀其謂『惟處士能道祖意中』語，則非不知已可知。其子又能使賦鸚鵡，則賞音復在一家是已。後正平之不得其死，實自取之。若以春秋誅意之法斷之，則殺正平者仍屬曹瞞，非黄祖也。曹瞞不肯居殺士之名，故送之劉表，表名列顧厨，又漢末之好名者，故又轉而至黄祖耳。即以三國鼎峙之主而論，諸毛繞涿，便以殺身〔一〕，謂蜀先主能容之乎？張子布之積薪，虞仲翔之遠謫，倘歸之孫討虜，謂討虜能容之乎？是正平之殺身，本由素定，黄祖特不幸居殺正平之名耳。余前有詩云：『狂生不殺示有容，磨刀仍復及孔融。』非刻論矣。昨過鸚鵡洲有感，又賦一絶云：『一杯酹爾楚江干，雪涕臨風感萬端。不解愛才仍嫁禍，平心黄祖勝曹瞞。』願與論世者更決之。

雲溪友議以爲武欲殺杜甫，冠鈎於簾者三，其母徒跣救之，其次則杜拾遺之於嚴武，亦正平之往事也。

始免。李白之蜀道難，爲房琯、杜甫而作也，事雖不可盡據，然觀其贈甫詩『莫倚善題鸚鵡賦』一語，則已兆殺機矣。甫之得免禍，亦幸已哉。平心論之，對其子孫斥名其祖父，事本難堪，即以此殺身，亦非盡嚴武之過也。

〔一〕以，粤本作『已』。

三六

潘安仁之斥孫秀微時，蘇子瞻之揚章惇陰事，亦皆取禍之道，不可爲法。

三七

康熙中葉，大僚中稱詩者，王、宋齊名。宋開府江南，遂有漁洋緜津合刻。相傳趙秋谷宮贊罷官南遊，過吴門，宋倒屣迎之，以合刻見貽，趙歸寓後，書一柬復宋云：『謹登漁洋詩鈔；緜津詩謹璧。』宋銜之刺骨。時王已爲大司寇，宋便中以千金貽之，欲王賦一詩，作王、宋齊名之證，王貽以一絶云：『尚書北闕霜侵鬢，開府江南雪滿頭。誰識朱顔兩年少，王揚州與宋黄州。』此詩不録集中，見盧運使見曾所輯山左詩鈔。若平心論之，趙固傷輕薄，然宋豈止不及王，亦并不及秋谷也。至吾鄉邵山人長蘅所作詩序，實係阿私所好，不足爲據。余過黄州日，憶及此事，亦曾賦詩云：『百年誰續雪堂遊？苦竹寒蘆起暮愁。畢竟後來才士少，詩名數到宋黄州。』未知諸君子以其言爲諦否？

卷六

一

開、寶諸賢，七律以王右丞、李東川爲正宗。右丞之精深華妙，東川之清麗典則，皆非他人所及。然門徑始開，尚未極其變也。至大曆十才子，對偶始參以活句，盡變化錯綜之妙。如盧綸『家在夢中何日到？春來江上幾人還』，劉長卿『漢文有道恩猶薄，湘水無情弔豈知』，劉禹錫『懷舊空吟聞笛賦，到鄉翻似爛柯人』，白居易『曾犯龍鱗容不死，欲騎鶴背覓長生』，開後人多少法門。即以七律論，究當以此種爲法，不必高談崔顥之黄鶴樓、李白之鳳皇臺及杜甫之秋興、詠懷古跡諸什也。若許渾、趙嘏而後，則又惟講琢句，不復有此風格矣。

二

七律至唐末造，惟羅昭諫最感慨蒼涼，沉鬱頓挫，實可以遠紹浣花，近儷玉溪。蓋由其人品之高，見地之卓，迥非他人所及。次則韓致堯之沉麗，司空表聖之超脱，真有念念不忘君國之思。孰云吟詠不以性情爲主哉！若吴子華之悲壯，韋端己之淒豔，則又其次也。

三

皮、陸詩，能寫景物而無性情，又在唐彦謙、崔塗、李山甫諸人之下。

四

韋端己秦中吟諸樂府，學白樂天而未到。聞再幸梁洋、過揚州、謁蔣帝廟諸篇，學李義山、温方城而未到。然亦唐末一巨手也。

五

王建、張籍，以樂府名，然七律亦有人所不能及處。建之贈閻少保云：『問事愛知天寶日，識人皆在武皇前』；華清宫感舊云：『輦前月照羅衣淚，馬上風吹蠟炬灰』；籍之贈梅處士云：『講易自傳新注義，題詩不署舊官名』；寒食内宴云：『瑞烟深處開三殿，春雨微時引百官』，皆莊雅可誦。

六

圖經：『馮夷，華陰潼關里人也。服食成水仙，爲河伯。』今考王充論衡：『夏桀無道，費昌問馮夷』云云。是馮夷尚屬夏末時人。然山海經已有『馮夷之都（馮冰同。）〔一〕』，則與夏時馮夷又屬兩人。地書又云：『河伯馮夷者，本吕公子之妻。』是河伯又屬女子。三人皆名馮夷，皆爲水仙，又皆作河伯，可異也。

〔一〕授本此處原無『馮冰同』注，依粵本、周本補。整條末，授本原出小注『馮冰同音』四字，今删。

七

同年秦觀察維嶽，壯歲悼亡，即不置姬侍。雖官鹽筴，自奉一如諸生。詩不多作，然蹊徑迥殊，語語超脱，五言如泊舟江岸云：『江渚魚争釣，衡陽雁正回』；七言如黄岡即事云：『新茶雀舌闕心久，舊牘蠅頭信手鈔。』他若勘災展賑諸作，則又仁人之言，語語自肺腑流出者矣。

八

昌黎詩有奇而太過者，如此日足可惜一篇内『甲午憇時門，臨泉窺鬭龍。』豈此時時門復有龍鬭耶？若僅用舊事，則『窺』字易作『思』字或『憶』字爲得。

九

皇甫持正不長於詩，故評詩亦未甚確。即如元次山詩文，皆别成片段，而持正乃云：『次山有文章，可惋只在碎。』余頗不爲然。下云『長於指叙』，始得次山梗概。蓋持正究長於評文，不長於論詩耳。

一〇

孟東野詩，篇篇皆似古樂府，不僅遊子吟、送韓愈從軍諸首已也。即如『良人昨日去，明月又不圓』，魏、晉後即無此等言語。他若昌黎南山詩，可云奇警極矣，而東野以二語敵之曰：『南山塞天地，日月石上生。』宜昌黎之一生低首也。次則『上天下天水，出地入地舟』，造語亦非他人所能到。

一一

高常侍之於杜浣花，賀祕監之於李謫仙，張水部之於韓昌黎，始可謂之詩文知已。即如水部祭韓公詩云：『獨得雄直氣，發爲古文章。』亦惟此二語，可該括韓公詩文。外若白太傅何嘗不傾倒昌黎，然僅云『戶大嫌甜酒，才高厭小詩』而已。蓋韓、白詩派不同，故所言只如此而已〔一〕。

〔一〕只，粵本作『止』。

一二

李樊南之知杜舍人，亦非他人所及。所云『惟其有之，是以似之』也。

一三

謫仙獨到之處，工部不能道隻字；謫仙之於工部亦然。退之獨到之處，白傅不能道隻字；退之之於白傅亦然。所謂可一不可兩也。外若沈之與宋，高之與岑，王之與孟，韋之與柳，温之與李，張、王之樂府，皮、陸之聯吟，措詞命意不同，而體格並同，所謂笙磬同音也。唐初之四傑，大曆之十子亦然。欲於李、杜、韓、白之外求獨到，則次山之在天寶，昌谷之在元和，寥寥數子而已。詩文並可獨到，則昌黎而外，惟杜牧之一人。

一四

又有似同而實異者：燕、許並名，而燕之詩勝於許；韋、柳並名，而韋之文不如柳；温、李並名，而李之駢體文常勝於温。此又同中之異也。詩與駢體文俱工，則燕公而外，唯王、楊、盧、駱及義山五人。

一五

杜工部、盧玉川諸人，工詩而不工文。皇甫持正、孫可之諸人，工文而不工詩。

一六

元和、長慶以來詩人如白太傅、杜舍人，皆有節概，非同時輩流所及。其寄情聲色亦同。余昨有題琵琶亭二絶云：『兒女英雄事總空，當時一樣淚珠紅。琵琶亭上無聲泣，便與唐衢哭不同。』其二云：『江州司馬宦中唐；誰似分司御史狂？同是才人感淪落，樊川亦賦杜秋娘。』

一七

武元衡、沈詢皆死於非命，未死前一日，皆爲五言斷句，遂皆作詩讖。詢詩云：『莫打南來雁，從他向北飛。打時雙打取，莫遣兩分離。』果夫婦併命。元衡詩云：『夜久喧暫息，池臺惟月明。無因駐清景，日出事還生。』果日未出而先隕。又何其奇也？較潘岳寄石崇詩『投分寄石友，白首同所歸』，其驗尚在數年以後者，不爲異矣。

一八

汪文學璨，旌德人，隨父賈於泰州，遂寄居焉。雖賈而工詩。其弟秀才璸，受業於余，璨時以所作託璸寄質，余心賞之。惜年未三十而卒，臨終屬其弟乞余爲作詩序，余憐而許之。猶憶其寄婦詩云：『不知何處秋砧急，錯認山妻擣藥聲。』春閨云：『陌上小桃紅不了，可能開到壻歸時。』蓋工於言情者。余序中以唐李觀爲比，李翺所云：『觀之文如此，官止於太子校書，年止於二十九。』今璨功名止於上舍，生年亦止二十九，均可云才人命薄矣。弟璸亦能詩，其寒食訪余里第有句云：『寒食連番雨，桃花到處村。』

一九

高侍郎啓〔二〕，以宫詞『小犬隔花空吠影，夜深宫禁有誰來』二語賈禍，至於殺身。不知啓詩實有所承，語意非創自啓也。唐王涯宫詞三十首之一云：『白雪猧兒拂地行，慣眠紅毯不曾驚。深宫更有何人到？只曉金階吠晚螢。』詞意與啓詩略同，但較啓詩稍藴藉耳。

〔一〕『啓』及下文『創自啓也』之『啓』，粤本作『迪』。按，高啓，字季迪，當作『啓』或『季迪』。又，『不知啓詩』『詞意與啓詩』『但較啓詩』之『啓』，各本均作『迪』，今依上下文改。

二〇

隋文帝獨孤皇后，以高熲呼之爲『一婦人』，遂銜恨刺骨。然唐太宗后長孫氏，亦開國皇后也，其病中諭太子，即自稱『一婦人』。何度量之相越，一至此也〔一〕？卒之隋一傳而亡。唐延祚至四百年，亦未始不由於閫德矣。

〔一〕也，粤本作『耶』。

二一

古人卜葬，必先作買地券，或鎸於瓦石，或書作鐵券。蓋俗例如此。又必高估其值，多至千百萬。又必以天地日月爲證，殊爲可笑。然此風自漢、晉時已有之。明嘉靖中，山陰縣民於本縣十七都地壟得晉太康五年瓦莂云：『大男楊紹，從土公買冢地一丘，東極闞澤，西極南腨，南極北背，北極于湖〔一〕。直錢四百萬，即日交畢。日月爲質，四時爲任。太康九年九月廿九日，對共破莂，民有私約如律令。』後閲元遺山續夷堅志，載曲陽縣燕川青陽壩有人起墓，得鐵券刻金字云：『勑葬忠臣王處存，賜錢九萬九千九百九十九貫九百九十九文。』事在唐哀宗時。則唐、五代時土風尚然。其錢數必如此者，蓋不欲滿十萬，或當時俗例然耳〔二〕。不知此例自何代始止？然今日於墓前列界石，書四至，尚本於此。余爲山陰童鈺題楊紹買地莂歌，在集中。

〔一〕于，授本原缺，作空字，周本作墨釘，依粵本補。

〔二〕耳，粵本作『也』。

二二

今人言一日十二時，若古人止有十時，左傳昭五年：『卜楚丘曰：日之數十，故有十時』是也。今人推禄命者言八字，若宋以前，只有六字。蓋第用年月日，不取時也。

二三

寧國府圖經：『涇縣西五里，有淳于棼故居。』云棼『南齊明帝時爲相國，嘗捨宅爲寺』云云。名勝志：『棼又作髡。』益非。今考唐李公佐南柯記云：『東平淳于棼，吴、楚游俠之士，嗜酒使氣，不守細行，累巨産，養豪客，曾以武藝補淮南軍裨將，因酒忤帥，斥逐……家居廣陵郡東十里。』當即其人。下云『貞元七年九月，因沉醉致疾』云云。無論公佐此傳皆屬寓言，即實有其人，亦唐中葉人，非南齊也。又云官相國，豈幻夢中位居台輔，即信以爲實耶？圖經及方志蓋又因公佐所言而附會之，地理家遂采爲名勝古蹟，誤之誤矣！

二四

又涇縣名宦，於三國吴時首列陳焦，云生有善政，死即留葬桃花潭側，宣德中縣志并載焦葬後七日，穿土化爲小兒，坐於墓上，久乃不見云云。皆因吴志孫林傳於永安四年載安吴民陳焦死埋之六日，更生，穿土中出。太平廣記再生部引五行志亦同。二志並云安吴民，則非涇縣宰可知。方志之誣妄如此！而人輒信之，並列於祀典，何也？

二五

詩雖小道，然實足以覘國家氣運之衰旺。即如五代晉時馮道奉使契丹，高祖宴之於禁中，及使回，道賦詩云：『殿上一杯天子泣，門前雙節國人嗟。』蓋是時燕、雲十六州已割屬契丹，國勢奄奄，如日之垂暮，故雖宰相作詩，而氣象衰颯如此。至宋則不然，太祖、太宗之世，宇内漸已削平，景物熙熙，已若日之初煦，故李昉禁林春直詩云：『一院有花春晝永，八方無事詔書稀。』又昌陵挽詩云：『奠玉五回朝上帝，御樓三度納降王。』何等氣象！蓋同一宰相也，而吐屬不同如此。孰謂詩不隨氣運轉移乎？

二六

謝靈運山居賦，李德裕平泉草木記，其川壑之美、卉木之奇，可云極一時之盛矣。然轉眼已不能有，尚不如申屠因樹之屋、泉明種柳之宅〔一〕，轉得長子孫、永年代也。蓋勝地園林，亦如名人書畫，過眼雲烟，未有百年不易主者。是知一賦一記，雖擅美古今，究與昭陵之以法書殉葬、元章之欲抱古帖自沉者，同一不達矣。

〔一〕泉明，各本同。按，即『淵明』，唐人避高祖諱，間改作『泉明』。

附録

北江詩話跋

張祥河

穉存先生箋經補史，氣節文章，皆足輝暎千古，著書滿家，多已刊行。惟詩話僅存稾本，哲嗣幼懷寶守有年，未嘗輕示人。予幸從借讀，闡揚六義，揚榷百家，多前人所未發，愛翫不釋，謹校勘授梓，以公同好。昔梧門司成輯録近代諸賢詩，曰朋舊及見録，於諸人名下多録先生評語，以爲折衷，洵乎爲藝林之職志也。惟末條自評其詩，乃曰『激湍峻嶺，殊少回旋』，則謙詞也。予謂先生詩惟妙於回旋，乃益見激峻之不可及，竊取先生廬山詩意，得八字曰：『天風回盪，秀出匡廬。』欲以擬先生之作，先生謂非貢諛於匡君，予亦非貢諛於先生也。爰志簡末，以質後賢。華亭張祥河識。

（張祥河刊北江詩話四卷本）

北江詩話跋

伍崇曜

右北江詩話四卷，國朝洪亮吉撰。按先生字稚存，陽湖人，『北江』其號也。志行氣節，爲儒林引重。於經史註疏、説文、地理，靡不參稽鉤貫，著撰等身。爲詩，涉筆有奇氣，精思獨造，遠出恒情，仿康樂、仿杜陵、仿太白、仿楊誠齋，然實嘔心鏤腎，總不欲襲前人牙慧。迨荷戈萬里，奇氣噴薄而出，益如天馬行空，不可羈靮。賜環後，枕葄墳典，管領湖山，當時詞人，咸推祭酒。嘗見其小印，作『曠代逸才』四字，亦唯先生不愧此言。吴穀人駢體文續集墓表，江鄭堂漢學師承記，載其著述多至百十種，而均未及是書。道光戊申，始得詩舲中丞刻本，特重付梓人，俾後來談藝者有所矜式焉。先是：趙甌北撰七家詩話，欲以查初白配作八家。先生固止之，賦詩云：『初白差難步後塵』；又云：『只我更饒懷古癖，溯源先欲到周秦。』自註云：『余亦作詩話，一卷自屈、宋起。』——見更生齋集。則先生之宗旨可知。然是書無論及靈均輩語，殆亦不無遺佚歟？又先生嘗賦論詩絶句，顧寧人、吴野人共一首，王阮亭、朱竹垞各一首，今讀是書，所論幾於疊矩重規；又如吴梅村、邵青門、沈歸愚、袁簡齋、蔣心餘、厲樊榭、孫淵如諸子，均有宋玉微詞；然俱精確不磨，固不同文人相輕積習，轉貽笑柄者。至自述各詩，單詞片語，亦如西子王嬙，嫣然一笑；即屏除綺語者，亦知其美。若『竹兜』五律，謂庶幾前人簷馬作，則未敢附和。然要其目光如炬，上下千古，龍子作事，固自不凡。又先生論詩絶句：『藥亭獨漉許相參，吟苦時同佛一龕。尚得昔賢雄直氣，嶺南猶似勝江南。』亦可謂不存鄉曲之見。而是書僅及藥亭之晚達，未論其詩，及屈陳諸子；至黎二樵明經，則推崇已極，與王蘭泉蒲褐山房詩話同；顧謂『惜其年甫四十而卒』，而不知樵夫實久主粤中壇坫，年幾七十餘，生平足跡未嘗度嶺，與先生未及謀面，僅得之傳聞故耳。

秋盡日，南海伍崇曜謹跋。

右北江詩話第五、第六兩卷，先生哲嗣子齡明府宦粵，以續刻先生遺著數種見貽，此册與焉。亟重付剞劂，俾與前重刊張詩舲侍郎所刻四卷，得成完璧，亦厚幸也。

咸豐甲寅閏七夕，伍崇曜再跋。

（粵雅堂叢書北江詩話六卷本）

洪稺存先生北江詩話序

湯成彦

詩亡然後詩話作，詩話作而詩愈亡。非詩話之足以亡詩也，蓋作詩話者，大抵皆標榜聲氣，採摭浮華，妄事雌黄，謬加別白。好爲深解，則多穿鑿之辭；喜作高談，則馳虛憍之論。求其別裁真僞，討論瑕瑜，廣考博參，有裨於四始六義之旨，吁其難矣！蕭梁之世，鍾嶸詩品第詩人之甲乙，溯厥淵源，詩話實權輿於此。唐釋皎然詩式，備陳法律，孟棨本事詩，旁采故實，其流益暢，由宋元明以迄我朝，代有作者，歐陽永叔六一詩話、司馬君實續詩話、劉攽中山詩話尚矣。自是而降，朱弁風月堂詩話、張戒歲寒堂詩話、黄徹碧溪詩話、周密浩然齋雅談，亦有足稱。王構修辭鑒衡、李東陽懷麓堂詩話、王世懋藝苑擷餘、吴景旭歷代詩話、王士禛漁洋詩話、趙執信聲調譜、談龍録與諸家之作，皆如陶之有甄，如冶之有型，誠談藝之指南，論詩之津筏也。王趙不作，百年之内，代興者闃如焉。同里洪丈稺存先生，氣節文章，炳曜寰宇，等身著作，次第鋟諸梨棗，大江左右，幾於户置一編，惟所譔詩話六卷，先生晚年手定，藏於北江草堂，外間罕覯傳本。先生庚戌會試，出大興朱文正珪之門，文正爲從曾王父葯岡先生分校京闈所得士，故與余家爲孔李交，族兄春舫司馬與先生季子子齡大令申之以婚姻，子齡承其家學，好沉博絶丽之思，時來就余，極讀書論藝之雅。余亦屢過先生城東故廬，登所謂卷施閣者，搜覽遺集，見詩話足本，假歸，録而頌之，珍弆巾笥。迨後余官秋曹簿領，沉迷卒卒，無須臾間，此箱塵封敗篋，久不復省。憶咸豐壬子，余將西遊，行有日矣，晨起掃除蠹書，蛛絲鼠跡，錯雜紛陳，墮一箱於地，檢視之，則先生詩話也。喜甚，攜以自隨。癸丑冬，余自秦入蜀，客居無事，取而反覆紬繹，究其指歸，每遇風瀟雨晦之晨，酒闌燈炧之夕，胸次槎枒，意不自得，開卷急讀，豁我幽憤，有所觸輒筆諸簡端，積久，漸成卷帙。丙辰秋，復游叙州，茂才周生錫光見而悦之，請付手民，以廣其傳。生家不中貲，有負郭田數十畝，留其半以供偏親菽水，餘悉售爲剞劂資，刊既成，踵余求序。竊念先生文行暉映江表，生跧處蜀南，世之相去已五六十載，獲見新書，距躍三百，口沫手胝，景行無已，且貧如長卿壁立，室無儋石儲，乃亟於表彰名賢之千秋盛業，至舉累世載芟載柞之區斥賣之，略無顧戀之色，回觀一時貴介之意氣干雲，富人子之膏腴坐擁，揚揚自得，甘心爲守錢虜没，字碑恥逐，蠹死螢乾，置千秋萬歲名爲身後事者，不幾汗流走且僵哉！余既嘉生慕道之殷、任事之力，闡揚名哲之勤且摯，先生在鄉先輩中，又余所私淑瞻依，向來敬祝一瓣香者，誼不得辭。間嘗推論先生作書之要領，考證舊聞，莩甲新意，一縱一横，論者莫當，知古知今，陳言務去。持議之洞達，則養由基之矢徹七札也；入理之精鋭，則徐夫人之匕首血濡縷也。不尚詭奇，不主附和，振衰式靡，儒立頑廉。以之摩廬陵、涑水、中山之壘，可拔趙幟而立漢幟；使宋元明諸君子與先生相遇中原，皆將辟易失色；王趙而後，踵以先生言詩者，又見異軍蒼頭特起，洵爲藝林希有之笈矣。若余所論列之説，一知半解，蠡測管窺，極思沿流討源，未能因表測裏，是揚子雲覆醬瓿物，生之痂嗜，顧有同情，彌令余且悚且慚也。先生仲子幼懷上舍別有底本，婁縣張詩舲侍郎刊其前四卷，宣城李雲生太守刊其後二卷，兩家各藏其版，離之兩傷，大是憾事，復靳甚，不輕以與人，彼甕牖繩樞之子，剬詩緝頌者，雖欲鑄金事之，又奚自乎？今得生合而刊之，如張壯武雷豐城佩劍會合於延津風雨中，流播巴蜀，衣被天下，再得什伯有心人覃究其微言大義，講明於通都大邑間，俾好學深思之士，日從而詠歎之，淫液之。萬籰既端，淫哇悉屏，詩話作而詩存。翰墨之事，有關風教，厥功偉矣。生之刊是書也，豈惟護持先生著述，以尚友昔賢，締緣風雅自多哉，抑亦養正黜邪，輔翼詩教者所深取也。至先生忠孝偉節、立身行己之落落大者，有嘉慶五年自伊犁釋放回籍硃諭御製喜雨詩注、趙青州懷玉墓志、惲瑞金敬遺事述在，茲不復云。

咸豐七年十二月立春前三日，同里媢世愚姪湯成彥，序於錦水寓廬三十六芙蓉吟館。

（周錫光淵海樓刊洪稚存先生北江詩話六卷本）

洪稚存先生北江詩話跋

周錫光

嗟乎，識囿蹄涔，不知溟渤之廣；見封部婁，難語嵩岱之高。舉論詩之一端，吁相沿而可怪，爰爲綜其流弊，溯厥頹波，試一二而指陳，幾比比而皆是。則有蓬户陋儒，繩樞下士，墨程數卷，秘若瑶函；試帖一編，奉爲寶筏。繡鞶帨而務求容悦，每虞曳白於鏁闈；獵巍科而自掩空疎，妄下雌黄於藝苑。問塗遇黎丘之鬼，榮古虐今；入時畫混沌之眉，淡妝濃抹。鳥空鼠唧，蚓唱蟬吟，此論詩者之一蔽也。

亦有曲説鈎心，謏聞對臆，權衡率爾，先已判其低昂；旨趣茫然，漫欲施其品藻。逐蚍蜉而撼樹，坿水母以目蝦。豕腹彭亨，鼃聲喧沸。借學道爲準的，膠滯性靈；取謬種作師承，揅摩聲調。鹿牀烏喙，列藥籠而腐腸；葛藟蒺藜，罥芒鞵而刺足。鑿空杜譔，膠柱刻舟，此論詩者之又一蔽也。別有學究冬烘，繁艿採摭；俗子纖仄，孟浪品題。參苓以生死人，朱丹以飾醜女。陳根宿莽，詫爲拔地偉材；艷曲里詞，方諸鈞天雅奏。天吴紫鳳顛倒，移舊繡之圖；錦字回文嗤點，失璇璣之巧。呼鼠爲璞，彈雀以珠，此論詩者之又一蔽也。更有標榜聲華，馳騖利藪。少年子譽蜚臺閣，競傳柏梁之篇；大腹賈氣識金銀，雅擅渭城之唱。幺絃孤韻，撫琴軫而鸞徽即籟；朱緑玄黄，學絲繡而鴛鍼許度。偶登片語，共詡驪珠；收入單辭，便分鶴貫。蠅營狗曲，蟻聚蜂屯，此論詩者之又一蔽也。窺其癥結，鍼彼膏肓，其始也，壞於餖飣剽賊，勦説雷同；其繼也，壞於驕僨披昌，偭規越矩。不有作者，誰追雅音？求諸往哲之真評，核諸昭代之閎製，其能闢卮言、裁僞體，參妙解於群籍，嚴甄綜於時賢；闡廬陵、中山、涑水之名言，辨羽卿、辰翁、廷禮之贅説；芟薙稂莠，剗削榛蕪，衆美畢臻，羣蔽悉屏；恤恤乎其恐失也，愀乎悠乎其有餘思也；使人讀之幡然興起，抑然自持，漱六藝芳潤之英樹、千秋不朽之業者，其惟穉存先生之北江詩話乎？先生纘容齋制作之才，居嚴助承明之署。三天教胄，課字授經；五緯拱辰，芒寒色正。尚方請劍，斬佞臣一人之頭；絶塞荷戈，踏天山萬里之雪。賜環未及乎百日，甘澍應時；諫章嗟賞乎九重，宸翰褒美。校書閣内，事隔前塵；持節黔陽，境成昔夢。遂使白鹿洞畔，遠繼蘇内翰之蹤；紫雲巖前，喜迓武夷君之駕。題名勒於五嶽，行縢徧於九州。傳世詩文，逾五千首；著録弟子，過三百人。鮒鮚軒開，士大小願書萬本；蠡湖源遠，江左右争庋一編。一時重先生之譔述者，雖黄金寫少伯之容，團扇畫放翁之貌，無以喻兹昌歜之獨嗜，水仙之移情也。若詩話之在先生，特威鳳之片羽、神龍之一鱗耳。然而酌蠡海畔，已覘鯷壑之波；染指鼎中，即飫鯖厨之饌。今觀先生之爲是書也，甄别流品，考鏡是非，隻句引伸，神明規萬；數行裁制，包孕古今。起例發凡，則原於記室；鈎玄提要，則本諸昌黎。汩汩其來，極解衣槃礴之致；浩浩自得，絶澳泗媚世之詞。名計萬歲而遥，目營四海之表。蓋詩有聲焉，得先生之論而宫商以叶；有律焉，得先生之論而聲病以去。有體焉，得先生之論而正變以稽；有材焉，得先生之論而良楛以分；而且羅甲兵於武庫，光焰上燭九霄；志人物於倉曹，褒貶特嚴一字。舉凡宗派之同異，才調之等差，義藴之淺深，雅鄭之區别，無不洞觀奥窔，剖析微茫。滄瀛探寶，賈胡可傾海而求；繁林落材，匠石可運斤而取。滌蕩情志，開拓心胸。參伍以考之，沉潛以體之。披衣得珠，吸水擇乳。故取他人之論詩，較之先生，人皆晨華暮槿，先生則朝日夕月也；人皆瓦礫糞土，先生則精金美玉也。人皆陽鱎之魚，先生則蓬池之鱠，有口者所操匕樂嘗也；人皆桑濮之音，先生則咸韶之奏，有耳者所端冕傾聽也。則是天之降才，在人者駁，在先生者純也；世之學術，在人者窘，在先生者富也。詞章之論列，在人則晦盲否塞，在先生則疏通證明，若孔鄭之解經也；風雅之揚扢，在人則枝梧附會，在先生則文直事核，若馬班之作史也。至矣哉，其諸微而顯，志而晦，婉而多風，盡而不污，具鑿齒之陽秋，軼表聖之詩品，中般倕之巧，謝雕飾之工者哉！因而思先生之爲人，淵雅醇懿，高簡清真，如靈芝九莖，不雜蕭艾；如朱絃三歎，可洗筝琶。抱眇眇臨雲之思，矢懔懔懷霜之節，行間之謦欬焱厲，紙上之鬚髯戟張，即先生之性情，合之先生之緒論，洵所謂不圖永嘉之後，復聞正始之音者矣。由是而善學者以意逆志，因文生情，杼軸予懷之秘妍，步趨先生之軌範。吾見本先生之論詩，以爲詩金春玉戛，可擬其結調之鏗然焉；雲飛風起，可擬其養氣之充然焉。時花艷春，明霞夾月，可擬其含光之炯然焉；西山翠屏，南浦緑波，可擬其設色之灼然焉。推之效寒燈擁髻之吟，其情可以生，可以死；倣河梁攜手之製，其遇可以怨，可以群。然又非可不學而能，不行而至也，此一境也。非先生之正定識趣，陶冶名理，吐棄凡近，屏絶坿和，安能洗凡馬而皆空，鏘鳴鳳而協律乎？我秋史比部師與先生居同恒閈，手寫遺編。緬北海之高風，交推孔李；訪東城之故第，篩檢香芸。録斜川珍弆之奇文，儲蜀道來游之旅橐。部居舟次，月旦列諸簡端；揚霄抑淵，風流溢於眉宇。貉稽多口，俗眼皆驚；匡鼎解頤，群情各饜。太白歎吾衰不作，鈎摘錙毫；子美證得失寸心，較量杪忽。紘徽激賞，鍾子期獨契琴心；山水寄情，謝康樂徧搜屐齒。憶談詩於白雲樓下，宋人矜刻楮三年；待起草於紅藥省中，迦葉試拈花一笑。會當暇日，出示鯫生，錫光生自蜀南，伏處窮巷，以至愚極陋之質，究尋聲定律之微。淮南鴻寶之篇，枕中久秘；中郎論衡之本，帳底頻窺。流連忠讜之文章，洛頌直臣之著作。歡喜讚歎，口沬手胝；請付手民，用資津導。教授入成都之市求異書者，應有同心；覺悟登大願之船參上乘者，實非小補。從此家傳蜀本，掇拾卷施閣之菁英，豈徒曲和巴歈，訂正竹枝詞之卑靡而已哉！敬書緣起，以質藝林，且以諗深於詩之君子。

咸豐八年龍集著雍敦牂余月戊申朏，慶符後學周錫光謹跋。

（周錫光淵海樓刊洪稚存先生北江詩話六卷本）

重刊北江詩話序

王國均

大雅不作，古義寖衰，末學膚詞，尠所闡發。求其扶植根柢，陶冶性情，作詩家指南者，百不獲一也。鄉先達洪稚存先生，忠讜偉節，詳載國史，生平著作等身，以詁經輿地之學，爲本朝巨擘，故刊行各種，幾於家有其書。此北江詩話六卷，乃晚年手定，刻之者三家：張詩舲中丞，李雲生太守，及蜀中周霽堂茂才也。張刻袖珍本止前四卷，李刻僅後二卷，惟周刻爲同里湯秋史比部抄自卷施閣叢書中，實爲足本。惜以後進思附青雲，輒加評點於簡端，多綮繳哯齵之辭，而鮮鈎識索鑰之助。遂使讀者有佛頭著穢之憾焉。余維先生立身以忠孝爲大，論學以經史爲宗，論詩以三百篇爲主，故於魏晉詩人，獨取陶靖節，以其去古未遠也。盛唐李杜，已視爲詩派之支流。歷宋元明，旁及各家，吞雲夢者八九，目中安有餘子哉！夫不探崑崙之源者，不足與觀水；不登泰岱之巔者，不足與觀山。誦先生之詩話，必想見先生之胸襟，而後能知其扶植根柢，陶冶性靈，作詩家之指南者，若是其難能而可貴也。先生曾孫用懃，因原刻體例未合，重加校正，隨全集一併重刊，並乞誌其緣起如此。則又孝子慈孫之用心，非尋常刊布古籍者所可同日語也夫。

光緒三年歲次强圉大淵獻陽月，同里後學王國均謹撰。

（洪用懃授經堂刊洪北江全集北江詩話六卷本）

後記

北江詩話六卷，清洪亮吉著。亮吉字稚存，號北江居士，陽湖（今江蘇省常州市）人。乾隆進士，授編修，督學貴州。他晚年因上書批了清王朝的逆鱗，被充軍到伊犁。後赦還，號更生居士。他生於乾隆十一年（一七四六），卒於嘉慶十四年（一八〇九）。其生存時代，正當清代學術——尤其是考據學——的鼎盛時期。亮吉是經學家、史學家、地理學家、駢文家、詩人，因此在北江詩話（不是他的主要著作）裏涉及的方面極爲廣博，舉凡金石文字、歷史人物、史學、地誌、書法以至于科場掌故……莫不數見。其論詩以『性』、『情』、『氣』、『趣』、『格』爲等第，謂『詩文講格律，已入下乘』。不僅對於『格調』派如沈德潛『學古人』只是『全師其貌，而先已遺神』，有所非議；即對於其他許多前輩詩人和同時詩人都有不客氣的批評，如評吴偉業『殊昧平仄』；評邵長蘅『作意矜持，描頭畫脚，又無真性情與氣』；評王士禛『受聲調之累』，用杜詩是『湊韻』，改杜詩以『掩迹』，竟至『點金成鐵』；評朱彝尊學初唐、學北宋都是『邯鄲學步』，『卒不能自成一家』；評宋琬『畢竟後來才士少，詩名數到宋黄州』；評袁枚『佻』、『淫艷』；評厲鶚『意取尖新』，而『氣局本小』。……

他最傾倒的清初詩人是黎簡，説黎詩善於『造句』、『造字』、『造境』。他推重同時的詩人錢載，而又私阿黄景仁。持論與當時人推重袁枚、蔣士銓、趙翼諸家的意見相反。在詩藝術上他有創見，但也有偏見。

本書據清光緒三年洪氏重刊本作底本，與粤雅堂叢書本對校，標點出版。

陳邇冬

北江詩話版本源流考（代修訂後記）

北江詩話的刊本，均爲洪亮吉嘉慶十四年（一八〇九）去世後所刻。其撰寫的時間，在詩集與詩話中能找到一些線索。洪亮吉更生齋集卷四滬瀆消寒集中有嘉慶六年（一八〇一）作趙兵備翼以所撰唐宋金七家詩話見示率跋三首，以詩歌形式，爲趙翼撰成的甌北詩話中元好問以前七卷初稿作跋，有自注，其三云：

名流少壯氣難馴，老去應知識力真。七十五年纔定論，一千餘載幾傳人。殺青自可緣陳例，初白差難踵後塵。（君意欲以查初白配作八家，余固止之。）只我更饒懷古癖，溯源先欲到周秦。（余時亦作北江詩話，第一卷泛論，自屈、宋起。）

可以看出，嘉慶六年時，洪亮吉已著手作北江詩話，书稿有分卷，第一卷中的内容是『泛論，自屈、宋起』，但這一陳述，和現在流傳的北江詩話各版本卷一的情況均不合，故而粤雅堂本北江詩話的伍崇曜跋中即疑惑『然是書無論及靈均輩語，殆亦不無遺佚歟？』因現存的版本均出於洪亮吉身後，故書稿遺佚，是有可能的，另一種可能則是洪亮吉生前對部分内容進行過更定、删削與改寫。從北江詩話的書稿來看，卷二中提及『今歲嘉慶六年』，而卷一言：『近青浦王侍郎有湖海詩傳之選，刊成，寄余。』青浦王侍郎爲王昶，曾於嘉慶八年（一八〇三）刊行湖海詩傳四十六卷，同時，卷三言李賡芸『見官嘉興府太守』，『李賡芸嘉慶八年（一八〇三）閏六月至十四年（一八〇九）任嘉興府知府；卷四言孫星衍

『今官山東督糧道』，孫星衍嘉慶九年（一八〇四）二月至十六年（一八一一）任山東督糧道，可見北江詩話從嘉慶六年初成規模後，一直在不斷增補，而增補修訂後的模樣，與嘉慶六年時詩歌自注所述不同。

北江詩話的版本，今存有洪亮吉手稿本四卷，刻本有道光年間張祥河刊四卷本北江詩話（以下簡稱張祥河本）、咸豐四年（一八五四）伍崇曜刊粤雅堂六卷本北江詩話（以下簡稱粤雅堂本）、咸豐八年（一八五八）周錫光淵海樓刊湯成彦批點六卷本洪穉存先生北江詩話（以下簡稱周錫光本）。光緒三年（一八七七）洪亮吉曾孫洪用懃刊授經堂本洪北江全集時，内收北江詩話六卷本（以下簡稱授經堂本）。此後，授經堂本板片爲湖北官書局購去並刷印行世。光緒三十四年（一九〇八），上海掃葉山房刊石印本六卷本洪北江詩話，其後，至民國年間，此本還多次再印。諸本序跋中，提及道光咸豐年間李文瀚曾刻二卷本，内容爲六卷本北江詩話的後二卷，但這一版本，這次修訂時暫未覓得。

北江詩話洪亮吉手稿本四卷，今藏上海圖書館，用半頁十行的紅格稿紙，白口，四周雙邊，上單魚尾，魚尾上，刷有『志稿』二字。字迹上，該本與上海圖書館藏的洪亮吉屢有塗乙的更生齋詩手稿等同，爲洪亮吉手迹無疑。

正文首葉，鈐有『掃塵齋積書記』朱方、『禮培私印』白方、『南通沈燕謀印』白方、『行素堂藏書記』朱長、『上海圖書館藏』朱長諸印；卷四末葉，鈐有『湘鄉王氏秘籍孤本』朱長、『曾藏沈燕謀家』朱長二印，從鈐印來看，當在民國年間，入藏王禮培（書齋名掃塵齋）處，經沈燕謀（書齋名行素堂）遞藏後，入藏上海圖書館。

書前副頁，有王禮培手跋，題於無格稿紙上，手跋言：

> 洪亮吉北江詩話四卷
>
> 此係手稿，與集内所刊互有異同，彌可珍貴。朱絲欄，板心有『志稿』二字，蓋先生著十六國疆域志稿紙也。疆域志稿，余亦有殘本，改竄甚多。又有釋歲一種，則集内未刊之書，並目亦不見諸集中矣。湘鄉王禮培。

跋語後，鈐『禮培私印』白方。北江詩話手稿本，王禮培經藏，但並未收入記録王禮培藏書的複壁書目。釋歲手稿，則見諸複壁書目，王禮培記爲『釋歲一卷一册，清洪亮吉。此亮吉手稿，未刊，目不見集中。』不過，洪亮吉這一卷釋歲手稿本下落不詳，而洪亮吉卷施閣文甲集卷二有釋歲一篇，不詳王禮培是否失察而誤以釋歲爲洪亮吉未刊稿，抑或二者並非同書。如王禮培跋所指出的，北江詩話手稿本所用稿紙，刷印有『志稿』字樣，且王禮培曾藏有洪亮吉多有『改竄』的十六國疆域志手稿殘本，故可知，洪亮吉北江詩話手稿書於嘉慶三年刊刻的十六國疆域志所餘稿紙上。

書最末，另夾有箋紙一幀，爲王禮培致信翰臣先生一札：

> 北江詩話，去冬黄伯雨曾欲以百元買之，弟硬持二百元，故未繼續進行。兹傳經述貴友亦欲以百元得之，但此物必須趁兄得之爲好，請加二十元，想不吝也。
>
> 翰臣先生台鑒。弟培頓首。

從書札往還來看，這一書札，當涉及北江詩話的轉販。黄以霖，字伯雨，曾欲以百元購此北江詩話稿本而王禮培索價二百元，從藏印來看，北江詩話後轉手於沈燕謀處，當最終議價未諧。『翰臣』或爲當時寓居上海的甘翰臣，但與王禮培彼此往還、所涉書籍等的情况，暫不得考。

張祥河本，書前有内封，四周雙邊，分三欄，中欄有篆書『北江詩話』。正文板框寬二〇四毫米，高一四二毫米，四周雙邊，白口，單魚尾，魚尾上書『北江詩話』，下書卷數，版心下方有頁數。半頁九行，行二十一字，逐卷卷首有『北江詩話卷幾／陽湖洪亮吉著』與『華亭張祥河訂／任城李璿校』的字樣。書末有張祥河跋語一篇。張祥河本板框尺寸不大，故授經堂本中王國均跋稱此本爲『張刻袖珍本』。張祥河（一七八五—一八六二），字詩舲，嘉慶二十五年（一八二〇）進士。國家圖書館藏有一帙卷首内封有題字的張祥河刊本，上書『道光丁未秋日詩舲方伯持惠』字樣，可知爲張祥河刊後贈予，從題年來看，張祥河本刊成於道光二十七年丁未（一八四七）秋之前。

粤雅堂叢書爲道光至光緒年間伍崇曜輯、譚瑩助校的大型叢書，每書附跋尾，簡介刊刻原委。粤雅堂本的北江詩話，無内封，板框寬一九二毫米，高一三〇毫米，左右雙邊，半頁九行，行二十一字，細黑口，無魚尾。版心中央書『北江詩話卷幾』，下有頁數；版心下方，有『粤雅堂叢書』字樣。逐卷卷首有『北江詩話卷幾／陽湖洪亮吉稚存著』，卷六尾有『譚瑩生覆校』字樣。書末有伍崇曜跋文兩篇。

周錫光本有内封，内封有單魚尾，A面題隸書『洪穉存先生北江詩話六卷』，B面鎸隸書『咸豐丁巳茱萸節開鎸。慶符周氏淵海樓藏版』。周錫光跋作於咸豐八年（一八五八），故可知此本咸豐七年丁巳（一八五七）開雕，而勒成於咸豐八年。此本板框大小寬二七七毫米，高一八五毫米。書前有湯成彦序，附刊趙懷玉奉直大夫翰林院編修洪君墓誌銘一篇、惲敬前翰林院編修洪君遺事述一篇。湯成彦序，左右雙邊，白口，單魚尾，魚尾上書『洪稺存先生北江詩話序』（按，序共六頁，前四頁『序』字作墨釘，後二頁有『序』字），下有頁數，序行書手書上板，無欄線，半頁八行，行字十四至十七字不等。趙懷玉、惲敬兩文，四周雙邊，白口，單魚尾，魚尾上分別書『洪稺存先生墓志銘』『洪稺存先生遺事述』，下有頁數，版心最下方有『淵海樓藏版』字樣。兩文均有欄線，半頁十行，行二十一字。其後爲正文，左右雙邊，白口，單魚尾，魚尾上書『洪稺存先生北江詩話』，魚尾下書『卷之幾』，下有頁數，版心最下方有『淵海樓藏版』字樣。板框内，每頁分上下兩欄，上欄高三四毫米，下欄高一五〇毫米，上下二欄内，均無欄線。上欄爲批語，半頁二十二行，行六字。下欄爲正文，半頁十一行，行十八字，字側有圈點。逐卷卷首有『洪稺存先生北江詩話卷之幾/同里湯成彦秋史評點/慶符周錫光霽堂校刊』字樣。書末有周錫光跋一篇，左右雙邊，白口，單魚尾，魚尾書『洪稺存先生詩話跋』，下有頁數，跋楷書手書上板，無欄線，半頁六行，行十六字。

授經堂本有内封，内封A面鎸篆書『北江詩話』，B面鎸隸書『光緒丁丑孟穐授經堂重鎸本』，板框寬二八四毫米，高一九二毫米，左右雙邊，黑口，單魚尾，魚尾下書『北江詩話卷幾』，版心下方有頁數。半頁十一行，行二十二字。書前有光緒三年丁丑（一八七七）王國均撰重刊北江詩話序，序版心字樣作『重刊北江詩話序』。卷六尾有『曾孫用懃校字』字樣。

掃葉山房石印本，目前所見最早的爲内牌有『陽湖洪亮吉著/洪北江詩話/光緒戊申上海掃葉山房石印』字樣的光緒三十四年戊申（一九〇八）本。板框寬一七五毫米，高一二八毫米，左右雙邊，白口，單魚尾，單魚尾上書『洪北江詩話』字樣，版心中有『序』或『卷幾』字樣，下有頁數，下方有『掃葉山房石印』字樣。半頁十二行，行二十六字。用軟體字寫，書前有王國均重刊北江詩話序，卷六末有『曾孫用懃校字』字樣。

北江詩話各版本的源流關係，可以通過各本的序跋及文字的校勘得到線索。

北江詩話的手稿本内容共四卷，即今北江詩話前四卷。書寫上，稿本每卷卷首有『北江詩話卷幾』字樣，無撰人，後空一行，書正文。北江詩話手稿本上，行字約十八至二十二字不等，不少寫法，常用省寫、簡寫，如『鬚』，稿本多省寫作『須』，『鴛鴦』，稿本省寫作『夗央』等。同時，稿本中，有不少塗乙與修改，修改時，有的爲徑改字形，有的則在誤字右側書一豎線『|』，另於天頭書寫正確文字。這些塗乙與修改，均爲洪亮吉手迹，當爲洪亮吉屬文時的修改或寫定後的更定。稿本中，間有在天頭、行間、頁面欄線外增補的文字。其中，卷四第三十一則修訂較大，則改用貼紙覆蓋舊稿的方式進行更定。同時，作爲手稿本，該本中不少文字有筆誤。

張祥河四卷本跋言：『惟詩話僅存稾本，哲嗣幼懷實守有年，未嘗輕示人。予幸從借讀，闡揚六義，揚㩁百家，多前人所未發，愛翫不釋，謹校勘授梓，以公同好。』可知該本所據當爲從洪亮吉子洪符孫（字幼懷）處獲得的四卷稿本。從版本比勘來看，張祥河所得的四卷稿本，當即今藏上海圖書館的洪亮吉手稿本。同時，刊刻過程中，張祥河對稿本中的部分誤書作了校勘，訂正了洪亮吉手稿中的不少筆誤和史實錯誤，並避道光帝諱，改手稿中的『旻』爲『明』。亦有不少異文，實爲張祥河刊本在寫樣或刊刻中的誤字，如卷三首則論藏書家有數等，稿本作『次則搜采異本，上可補石室金匱之遺亡，下可備通人博士之瀏覽，是謂收藏家』，『足』字，張刻本及之後的各刻本均作『則』，從文義來看，以稿本作『足』爲長。且較之手稿本，刊刻中，亦出現了誤脱文句的現象。

粤雅堂六卷本跋有兩篇，非作於一時。第一篇跋介紹伍崇曜於道光戊申二十八年（一八四八）得到張祥河四卷本，便擬付重刊，故跋尾開頭即言『右北江詩話四卷』；但目前所見的粤雅堂本均爲咸豐四年的六卷合刊本。後二卷内容的獲得，如第二篇跋尾所述，蓋因洪亮吉幼子洪齮孫（字子齡）在廣東履官，將北江詩話的第五卷、第六卷攜帶在身邊，故伍崇曜得見並以之爲底本補刊，合爲六卷完璧本。前四卷内容，基本同於張祥河本，有少量異文而異文間手稿本相合；後二卷，則是目前可見的最早版本。卷六的篇幅略少於其他各卷，其中云『詩文并可獨到，則昌黎而外，惟杜牧之一人』，『詩與駢體文俱工，則燕公而外，唯王、楊、盧、駱及義山五人』等條，與卷二『有唐一代，詩文兼擅者，惟韓、柳、小杜三家。次則張燕公、元道州。至詩及排偶文兼者，亦祗王、楊、盧、駱及李玉溪五家……』相近。自内容上看，卷二更爲整飭，而卷六條目疑爲卷二的初稿，其中觀點也經過了修訂補充。故而，从洪符孫處録出並率先付梓的前四卷，可能爲洪亮吉生前寫定，後兩卷的内容則未加裒輯條理。

周錫光六卷本的底本來源，據該本序跋介紹，爲湯成彦的録副本。湯成彦字心匏，號秋史，與洪亮吉同爲陽湖人，道光二十一年（一八四一）進士，官刑部主事，有聽雲山館詩集二卷，西游吟草一卷。據湯成彦序言，『詩話六卷，先生晚年手定，藏於北江草堂，外間罕覯傳本』。湯成彦與洪亮吉子洪齮孫交游甚佳，故得以從洪亮吉陽湖故居的卷施閣中獲得北江詩話的足本，並録副而出，藏於行篋。咸豐二年壬子（一八五二），湯成彦西行入陝，次年入蜀，始終攜帶著北江詩話録副本。入蜀之後，湯成彦爲北江詩話作批校，至咸豐六年（一八五六）秋，湯成彦游叙州時，周錫光得見湯成彦批校本，并以此本爲底本付梓，咸豐八年（一八五八）刊成。湯成彦咸豐七年（一八五七）序中提及『先生仲子幼懷上舍别有底本，婁縣張詩舲侍郎刊其前四卷，宣城李雲生太守刊其後二卷，兩家各藏其版』，即當時湯成彦所見刊本，包括張祥河刊前四卷本和李文瀚（字雲生）刊後二卷本，兩者合璧的話，當即爲六卷本的内容，但當時兩家各自藏版，故湯成彦有『離之兩傷』之憾，而兩家『復靳甚，不輕以與人』，故而刷印的數量可能亦不多。李文瀚，字雲生，號蓮舫，道光八年（一八二八）舉人，卒於咸豐六年（一八五六）。湯成彦與李文瀚有交游，可能緣此得見二卷本。

周錫光本的部分板片，各本所見，均有墨釘，如卷二頁十七A評語，卷三頁十四A正文、卷四頁三B正文、卷四頁八B評語、卷四頁十五A評語、卷六頁六B正文、卷六頁七B正文等處。這些墨釘，可能是在校勘寫樣過程中有修訂而未及時改換剜補文字造成的。雖然湯成彦稱底本六卷爲其從洪亮吉故居録副而得，實際刊刻時，前四卷似仍以張祥河本爲底本，部分異文仍襲自張本，張本之脱文亦未補回。湯成彦爲陽湖學者，對部分條目進行了校勘，改正了其中的訛字，如卷二中記楊芳燦鳳齡曲，之前稿本、張祥河本、粤雅堂本均誤作『鳳林曲』，卷二記載乾隆乙未科狀元吴錫齡，稿本、張祥河本、粤雅堂本均誤作『吴錫麟』；卷四『細雨玲瓏玉倚天』，稿本、張祥河本、粤雅堂本『玲瓏玉』均誤乙作『玉玲瓏』，在周錫光刊本中，這些訛誤都已改正。卷五、卷六中，周錫光本與粤雅堂本部分出入，可能源於底稿的差異或湯成彦的校訂。如卷五的唐書白居易傳的『九老圖』中九老人名，在新唐書與白居易别集中，便存在異文，粤雅堂本的文字同新唐書白居易傳，而周錫光本同白居易別集所載。又如，卷六洪亮吉叙高啓（字季迪）的評價，條目中出現了五次高啓，在粤雅堂本中均僅作『高迪』或『迪』，脱『季』字，周錫光本則改其中二字爲『啓』，可見經過初校但未盡改的痕跡。

周錫光本中的各段天頭有湯成彦批，部分批語具有較高的史料價值。批注之中，卷一洪亮吉言『終南山中牡丹高百餘尺，均係木本，花皆大如斗，香氣聞數百里』，湯成彦則感懷『癸丑在秦，惜未往游，乙卯入滇，所見山茶，亦花大如斗，與此直如驂之靳』。這段叙述，補充了湯成彦咸豐三年癸丑（一八五三）由秦入蜀之後，曾於咸豐五年乙卯（一八五五）由蜀入滇，復返蜀的經歷。對於洪亮吉所記的終南牡丹，湯成彦又以未親歷其地爲憾。湯成彦與洪亮吉爲同里，批語中關注鄉邦文獻，如卷二『孫兵備星衍配王恭人善詩，所著有長離閣集』一條，湯成彦批語言：『長離閣集詩爲乾嘉間吾里才媛之冠。後來可與頡頏者，惟盤珠莊夫人、孟緹張夫人耳。王爲觀察配，莊適同里吴孝廉軾，僅存詞一卷，與王皆享年不永，張適常熟吴比部贊，著有澹菊軒詩詞集，至今尚白髮嫠居，已六十餘年矣，於戚誼爲余表姊，前在京師青綾幛畔，猶時聆其雅音也。』簡介了陽湖一地乾嘉到道咸間的才媛詩詞的情况；又如卷一『同里錢秀才季重，工小詞』條，湯成彦批語言：『季重先生，余幼時每見其來訪世父韻清先生，衣短褐，履踵決，口不言貧，得錢即付酒家，所著詩詞絶工，顧不自收拾，僅存詞選中黄山詞數闋而已，今先生已歸道山，後嗣亦凌夷不振，天之厄才人，一至是哉！』亦聊補文獻之缺。又如卷四洪亮吉言：『劉明經大猷，工制舉業，窮老不遇而卒，人不知其能詩也。』天頭湯成彦批：『大猷先生名宸，武進人，爲余從祖姑之夫，最工制舉業，詩則偶爲之，不自收拾，今其制義千餘篇，尚存余家。』補充了劉宸的生平與制義稿的情況。卷四『古鏡』條，叙述了洪亮吉的古鏡收藏，而湯成彦天頭批則言：『所藏古鏡，後遇先生喆嗣子齡大令，詢之，知已亡失過半矣。』從洪齮孫處，湯成彦得知洪亮吉的收藏身後便已散佚。卷一洪亮吉評管世銘詩名爲制舉所掩，湯成彦批語言『韞山翁詩集未見刊行，惟鳴秋合籟中載古今體詩十餘章，然已足見驥一毛，窺豹一斑矣。所選讀雪山房唐詩亦爲近時善本，外間傳誦者絶少，信乎悉爲制舉文所掩，惜哉！』今考，管世銘韞山堂詩集十六卷文集八卷，最早有嘉慶六年（一八〇一）刊本，但是相去較久，湯成彦未見，故舉鳴秋合籟中所收管世銘詩爲例來作參考，用心亦可管窺。湯成彦的批注，發揮闡揚洪亮吉的評論，亦間或能見湯氏詩學主張。如卷一洪亮吉舉一系列詩句爲『逼真神仙』『逼真劍俠』『逼真豪士』『逼真美人』『逼真無賴』『逼真豪奴』『逼真窮鬼語』『逼真餓鬼語』，而湯成彦以爲『詩最難逼真，非千錘百煉，仍復動中自然，不能有此粹詣』，亦爲高見。後來王國均爲授經堂本北江詩話作序，言湯成彦的批點爲『惜以後進思附青雲，輒加評點於簡端，多縩繳唲齵之辭，而鮮鈎識索鑰之助。遂使讀者有佛頭著穢之憾焉』，未免過於苛責貶低。

授經堂本，由洪亮吉曾孫洪用懃校字，書前有陽湖同里王國均序，言：『此北江詩話六卷，乃晚年手定，刻之者三家：張詩舲中丞、李雲生太守及蜀中周霽堂茂才也。張刻袖珍本止前四卷，李刻僅後二卷，惟周刻爲同里湯秋史比部抄自卷施閣叢書中，實爲足本。』並言：『先生曾孫用懃，因原刻體例未合，重加校正，隨全集一併重刊，並乞誌其緣起如此。』結合文字校勘來看，授經堂本應當主要從周錫光本而出，因『原刻體例未合』，删去了圈點、批校。前四卷中，周錫光本中部分正文板片帶有墨釘，授經堂本據張祥河本校補。後二卷内容，授經堂本似未得他本，如周錫光本卷六『北極□湖』的墨釘，授經堂本作空字。授經堂本還校改了部分文字，並删去了部分注語、改易了部分洪亮吉自注的位置。序中提及了李雲生本，但描述或本于周錫光序。序未提及粤雅堂本，也是未曾獲見之故。從板框尺寸來看，粤雅堂本較之張祥河本更小，更可稱爲『袖珍本』；若獲見，亦不至保留空字。這一刻本，雖由洪亮吉曾孫洪用懃校字，但底本是咸豐周錫光本，而並未見洪亮吉家中仍庋藏舊稿的説法，且距洪亮吉生活的年代相去已遠，故而序中的『晚年手定』之説，亦屬自湯成彦序中勦説。

掃葉山房的石印本洪北江詩話六卷爲據授經堂本内容寫樣，保留了王國均的序，連底本最末一行洪用懃校字的信息亦予以翻抄，而刊刻時，未增加新的序跋。

通校各本之後，可以發現，北江詩話的各個版本整體上大同小異，而因爲底本源流的緣故，形成了兩個稍有區别的版本系統。前四卷，張祥河從洪符孫處得到稿本，加以校勘後刻板，粤雅堂本的前四卷基本翻刻張祥河本。湯成彦批點的周錫光本，從卷施閣中録副而出，而實亦本於張祥河本，並對其中部分文字進行了的校勘改動，有優於張祥河本之處，這些校改，當與湯成彦亦精於校勘考證、關心詩學有關。授經堂本、掃葉山房石印本從周錫光本而出。後二卷，粤雅堂本得自洪齮孫處；周錫光本爲湯成彦從卷施閣中録副而出，湯成彦與洪齮孫有交游，兩者源近而小有異文。

這次再版修訂，在舊版的基礎上，增補了張祥河本的跋語、周錫光本的序與跋，并補充了校勘記。校勘時，仍以授經堂本（校勘記中省稱爲『授本』）、爲底本，校以洪亮吉手稿本（校勘記中省稱爲『稿本』）、張祥河本（校勘記中省稱爲『張本』）、粤雅堂本（校勘記中省稱爲『粤本』）、周錫光本（校勘記中省稱爲『周本』)。掃葉山房本從授經堂本而出，未增更多的序跋等，不納入參校。爲保留文獻，洪亮吉手稿中雖有筆誤等誤字，亦照録出校。因手稿中確有不少訛字，且舊日刻本通行已久，整理時並不以稿本作爲底本，稿本、各刻本兩通的情況下，亦不據稿本逐一校改。周錫光本中所附湯成彦圈點、評語，限於體例等，不予補録。修訂再版的校點工作，主要由董岑仕完成。

人民文學出版社編輯部

二〇一九年二月